Anonym

Anleitung zur zweckmäßigen Erziehung und Dressur der zur Niederjagd gehörigen Hunde

Anonym

Anleitung zur zweckmäßigen Erziehung und Dressur der zur Niederjagd gehörigen Hunde

Unveränderter Nachdruck der Originalausgabe von 1865.

1. Auflage 2022 | ISBN: 978-3-36841-099-5

Verlag: Outlook Verlag GmbH, Zeilweg 44, 60439 Frankfurt, Deutschland
Vertretungsberechtigt: E. Roepke, Zeilweg 44, 60439 Frankfurt, Deutschland
Druck: Books on Demand GmbH, In de Tarpen 42, 22848 Norderstedt, Deutschland

Anleitung

zur zweckmäßigen

Erziehung und Dressur

der

zur Niederjagd gehörigen Hunde.

Zum Gebrauche angehender Jäger und Jagdliebhaber

herausgegeben

von

einem alten Waidmann.

Würzburg.

A. Stuber's Buchhandlung.

1865.

Vorwort.

Das edle Waidwerk in seiner großartigen Gestaltung — mit diesem stolzen Titel erlauben wir uns die hohe Jagd zu bezeichnen — ist im Laufe der Zeit durch die fortschreitende Cultur und verschiedene andere Umstände von seinem einstigen Höhepunkte so herabgesunken, daß, ausgenommen in landesherrlicher und sehr reicher Güterbesitzer Leibgehegen und Jagdbezirken, in andern Revieren ein eingerichtetes Jagen kaum mehr den Namen nach bekannt, ein Hauptschwein, ein stark jagdbarer Hirsch fast nur noch in Bildern zu schauen sind. Die Niederjagd allein ist es noch, welche heutzutage den Bereich des Waltens und Wirkens der waidmännischen Thätigkeit bildet.

IV

Mit dem Verfalle der hohen Jagd aber sind auch die zu ihrem Betriebe nöthigen Hunde fast alle verschwunden und ist ihre Dressur minder wichtig geworden. Dagegen ist jetzt, da die Niederjagd in den Vordergrund getreten ist, die Abrichtung der bei ihrer Ausübung anwendbaren Hunde von größerer Wichtigkeit und sie allein ist es noch, womit sich der Jäger eifrig beschäftigen kann und soll.

Dessenungeachtet trifft man unter den zur Niederjagd gehörigen Hunden nur sehr wenige vollkommen dressirte an; der Grund davon liegt einerseits darin, daß es nur sehr wenige Jäger mehr gibt, die mit der Dressur eines Jagdhundes gut umzugehen wissen, andererseits darin, daß die meisten Jagdliebhaber einen „ferm" dressirten Jagdhund nicht zu behandeln verstehen, so daß oft der beste Hund in ihren Händen in kurzer Zeit verdorben wird.

Wir wollen daher in der vorliegenden Schrift auf unsere waidmännischen Erfahrungen gestützt angehenden Jägern und Jagdliebhabern eine Anleitung geben, wie man bei der Erziehung und

Dreſſur der zur Niederjagd gehörigen Hunde — nämlich des Schweiß-, Jagd-, Wind-, Hühner- und Dachshundes — verfahren muß, um gute Erfolge zu erzielen.

Zu dieſem Zwecke geben wir in der Einleitung eine kurze Ueberſicht von der Naturgeſchichte des Hundes, ſprechen einige Worte von der Wartung der Hunde ſowie von der Züchtung und Erziehung junger Hunde und gehen dann zu unſerm eigentlichen Thema, nämlich zur Dreſſur der bei der Niederjagd anwendbaren Hunde über, die wir in fünf Abſchnitten behandeln.

Wo unſere eigenen Erfahrungen nicht hinlänglich maßgebend waren, haben wir die einſchlägige Literatur benutzt, um ſo dem Werkchen alles Weſentliche einzuverleiben.

Es fehlt bis jetzt an einem Werke in der Jagdliteratur welches ſpeziell die Dreſſur der zur Niederjagd gehörigen Hunde ausführlicher behandelt; es ſoll uns daher freuen, wenn durch dieſe Schrift die erwähnte Lücke ausgefüllt wird.

So möge denn dieſes Werkchen freundlich von den Jagdgenoſſen aufgenommen werden und zur vollkommeneren Dressur der zur Niederjagd gehörigen Hunde das Seinige beitragen! Dies sind die Wünsche, welche wir ihm auf den Weg mitgeben.

Waidmanns Heil!

Der Verfasser.

Inhalts-Verzeichniß.

Vorwort III

Einleitung.

Naturgeschichte des Hundes 1
Von der Wartung der Hunde 8
Von der Züchtung und Erziehung junger Hunde 13

Erster Abschnitt.

Von der Dressur des Schweißhundes 20

Zweiter Abschnitt.

Von der Dressur des Jagdhundes 31

Dritter Abschnitt.

Von der Dressur des Windhundes 29

Vierter Abschnitt.

Von der Dressur des Hühnerhundes:
    Einleitende Bemerkungen 47

VIII

	Seite
Die Stubendressur	54
Die Feldarbeit	61
Allgemeine Regeln über die Behandlung des jungen Hühnerhundes	76

Fünfter Abschnitt.

Von der Dressur des Dachshundes 82

Einleitung.

Naturgeschichte des Hundes.

Der Hund (canis familiaris) gehört nach Linné unter die dritte Ordnung der Raubthiere zur Gattung Hund. Im Allgemeinen hat er eine sehr gefällige Gestalt, große Leichtigkeit in seinen Bewegungen und eine stets heitere Laune, wenn er sich nur zuweilen im Freien bewegen kann. Sein etwas in die Länge gezogener Kopf steht im schönsten Verhältnisse zu dem übrigen Körper, sein ziemlich starker Vorderkopf ist erhaben und sehr gewölbt und hat auf seiner Stirne eine nach der Länge gehende vertiefte Furche, die bei ihrem Uebergange in die Nase besonders deutlich bemerkbar ist. Die Schnauze macht fast bei allen, von dem Auge an gerechnet, die Hälfte des Kopfes aus; die Unterlippe, die an dem Seitenrande nackt und gezähnelt ist, wird hier von der obern bedeckt. Die im gesunden Zustande des Thieres immer feuchte Nase ist chagrinartig und über der untern Kinnlade hervorragend; die halbmondförmigen Nasenlöcher immer auswärts gebogen, der Rachen an beiden Seiten mit fünf bis sechs Reihen Haarborsten versehen. In beiden Kinnladen stehen sechs Vorderzähne; in der obern Kinnlade stehen auf jeder Seite sechs, in der untern meist immer sieben Backenzähne, von denen die vordern schmal und einspitzig, die hinteren breit und vielspitzig sind. Im Ganzen gewöhnlich 42 Zähne. Die Zunge hat immer ein trockenes, dunkles Aussehen, ist bei allen flach und glatt und wird während der Bewegung und großer Hitze kegelförmig zugespitzt, gekrümmt aus dem Maule hervorhängend getragen. Die Augen stehen fast immer schief und haben am innern Winkel eine kleine Nickhaut; die vordere Augenkammer hat eine beträchtliche Wölbung, daher die meisten Hunde eigentlich myoptisch sind. Diese Kurzsichtigkeit scheint eine Folge der Cultur zu sein, indem sie bei den wilden Hunden sowohl, als auch bei den übrigen zur Hunde-Gattung gehörigen Thiere nicht wahrgenommen werden konnte; die Iris ist von verschiedener Färbung, bei den meisten braun. Die Ohren sind zugespitzt, aber bald hängend, bald in die Höhe stehend, der obere Rand der Gehöröffnung umgebogen, der hintere Rand zweifach, der vordere dreifach; im Gesicht sieben mit Haaren besetzte Warzen. Das Gehirn ist verhältnißmäßig sehr groß und sehr ausgebildet, scheint seine Klugheit deutlich genug zu beurkunden. Der Hals ist rund und beinahe so lang wie der Kopf; bei bissigen Hunden ist der Nacken vorzüglich stark, wodurch der Hund ein tückisches Ansehen erhält. Der Rücken besitzt ebenfalls große Beweglichkeit und ist etwas aufwärts gekrümmt; die Lenden sind lang und von ziemlicher Breite, das Kreuz nach abwärts sich neigend ist stark; der Leib ist fast rund; immer sind die Hinterbeine etwas höher als die vordern. Die Ferse ist eine kahle Zehe ohne Klaue und steht höher an den Beinen. Den Schweif (Ruthe) tragen die Hunde bald mehr oder weniger in die Höhe, bald mehr oder weniger gekrümmt und nach der linken Seite zu gebogen, bald geringelt, bald auch, wie einige Dachshundarten, herabhängend. Die Farbe ist sehr mannigfaltig und verschieden, ebenso auch die Haare. Das Weibchen hat an jeder Seite fünf, selten nur vier Zitzen, nämlich an jeder

Seite der Bruſt zwei, des Bauches drei. Bei wenigen Thieren iſt die Ausſtrahlung der Geruchsnerven vom Gehirn in die Naſenſchleimhaut ſo bedeutend als bei dem Hunde und dieſe Schleimhaut nimmt eine ſo große Fläche ein, daß, wenn man alle ihre Falten auseinander=zieht und ausbreitet, man den ganzen Hundekörper damit bedecken kann. In der merkwürdigen Einrichtung dieſer Geruchsnervenhaut und in dem drüſigen Bau der Naſe iſt es begründet, daß der Hund, und beſonders der Jagd=hund einen ſo äußerſt feinen Geruch hat, und daß unter den Hunden die mit breiten Köpfen, worin dieſe Mem=bran eine größere Fläche einnimmt, feinere Naſen haben, als die mit ſpitzigen Köpfen, wie ein Vergleich des ſcharf witternden Schweißhundes mit dem Windhunde mit ſeinen ſchlechten Geruchsorganen darthut.

Die Lungen der Hunde, beſonders derjenigen, welche ſich durch ihre Schnelligkeit und Ausdauer auszeichnen, ſind ſehr groß gebaut.

Die Brunſtzeit, welche ſich ſtets nach der Hitze der Hündin richtet, iſt unbeſtimmter als bei den übrigen Thieren; der Hund iſt das ganze Jahr zum Begatten aufgelegt und der Begattungstrieb beim männlichen Hunde erwacht, ohne ſich nach Jahreszeit u. dgl. zu richten, ſobald er eine hitzige Hündin wittert. Die Hitze des männlichen Hundes dauert gewöhnlich 10—14, die der Hündin 6—8 Tage und tritt zwei Mal des Jahres ein. Die Hündin trägt 63 Tage, wirft 4—12 Junge, welche 10—12 Tage blind ſind. Der Hund wechſelt im vierten Monate die Zähne, wächſt bis in's zweite Jahr, iſt im zwölften bis fünfzehnten Jahre alt und lebt nicht über zwanzig Jahre. Er verliert meiſtentheils im Alter ſein Geſicht, oft auch das Gehör. Sein Alter erkennt man theils daran, daß die Zähne, welche in der Jugend weiß und ſcharf ſind, nach Verhältniß der Jahre gelber, ſtumpfer und ungleich werden, auch zuletzt ausfallen, theils an den im Alter an der Schnauze, Stirne und den Augen sich findenden grauen Haaren.

Der Hund hat verschiedene auffallende Eigenschaften. Er säuft leckend; er läßt seinen Urin allzeit mit aufgehobenem Hinterfuße an die Wand, an einen Eckstein, im Felde beim freien Umherlaufen an ein Hügelchen oder Strauch. Er entledigt sich seines Unraths, selbst im gesunden Zustande der Struktur seiner Gedärme nach, stets mit Zwang und sucht sich hierzu gern einen Stein oder kahlen Platz aus. Er läuft fast immer in etwas zur Quer; er schwitzt kaum. Daß der Hund nur durch die Zunge schwitze, wie man sonst meinte und hin und wieder auch jetzt noch glaubt, weil er bei starker Bewegung die Zunge lang hängen läßt und keuchend Tropfen entwickelt, ist falsch; das letztere wird lediglich durch das rasche Athmen veranlaßt. Wenn er ruht, so sitzt er entweder auf den Hinterfüßen oder legt diese auswärts und die Vorderfüße so gestreckt, daß er den Kopf dazwischen legen kann. In der Wärme oder Sonne streckt er alle Viere von sich und legt sich auf die Seite; im Kühlen und des Nachts aber zieht er die Füße an sich, krümmt den Rücken und steckt die Schnauze zwischen die Hinterbeine. Beim Niederlegen geht er erst um den Ort herum, wo er schlafen will. Er schläft mit gespitztem Ohre viel und sehr leise und träumt dabei, welches man bei andern Thieren nicht bemerkt. Beim Erwachen gähnt er. Er hat Vorempfindungen des Wetters. Er frißt Gras zur Reinigung des Magens. Seine Nerven sind äußerst reizbar und empfindlich. Unbekannte, wie auch auffallend schlecht gekleidete Personen bellt er an, besonders, wenn er an der Kette gehalten wird.

Ungeachtet der Hund seit langen Zeiten auf der ganzen bewohnten Erde und zwar in einigen Gegenden noch wild oder verwildert in ganzen Rotten, in den meisten aber in Gesellschaft des Menschen als Hausthier verbreitet und hiernach allgemein bekannt ist, so ist man doch über seinen Ursprung und sein eigentliches Vaterland nicht einig. Büffon (cf. Buffon hist. nat., übers. von Martini und Otto II. 88) und mit ihm die neuern Naturforscher, hält den Spitz- oder Schäferhund für den eigentlichen Stammvater aller jetzt lebenden Hunde und gibt in Ansehung der nach und nach erfolgten Ausartungen der Hunde in verschiedenen Himmelsstrichen eine ordentliche Stammtafel derselben.

Oken (cf. Oken's Naturgeschichte 7. Bd. 3. Abth.) gibt folgende Hauptracen an:

A. Haushunde.

a) Hofhunde.

1. Schäferhund, c. f. domesticus.
2. Spitz oder Pommer, c. f. pommeranus.
3. Metzgerhund, c. f. laniarius.
4. Saufinder, c. f. aprinus.
5. Saurüde, c. f. suillus.
6. Bullenbeißer, c. f. molossus.
7. Dogge, c. f. anglicus.

b) Stubenhunde.

1. Der Mops, c. f. fricator.
2. Bastardmops, c. f. hybridus.
3. Der Pudel, c. f. aquaticus.
4. Der Seidenhund, c. f. extrorius.

c) Schooßhunde.

1. Der Bologneser, c. f. melitaeus.
2. Der Löwenhund, c. f. leoninus.
3. Der Harlekin, c. f. variegatus.
4. Der nackte oder türkische Hund, c. f. aegypticus.

B. Jagdhunde.

a) Gewöhnliche.

1. Der gemeine Jagdhund, c. f. sagax, gehört zur Niederjagd.
2. Der französische (englische) oder Parforcehund, c. f. anglicus, gehört zur hohen Jagd.
3. Der Spür= oder Leithund, c. f. venaticus, gehört zur hohen Jagd.
4. Der Schweiß= oder Pürschhund, c. f. scoticus seu sanguinarius, zum Betriebe der hohen Jagd ganz unentbehrlich, aber auch bei der Niederjagd anwendbar.
5. Der Hühner= oder Vorstehhund, c. f. avicularius, zum Betriebe der Niederjagd unentbehrlich.
6. Der Dachshund, c. f. vertagus, gehört zur Niederjagd.

b) Windspiele.

1. Das gemeine Windspiel, c. f. grajus, gehört zur Niederjagd.
2. Das kleine Windspiel, c. f. italicus.
3. Der irländische Windhund, c. f. hibernicus.
4. Der Curshund, c. f. cursorius.

Außerdem macht man noch einige Racenunterschiede, wie man deren, meist in halbwildem Zustande, in verschiedenen Ländern gefunden hat, unter anderen:

1. Der Neufundländer, c. f. terrae novae.
2. Der Dingo, c. f. dingo.
3. Der türkische Hund, c. f. aegypticus.

Die Hunde, welche zur Niederjagd gehören, werden später specieller beschrieben werden; zuerst wollen wir noch die Fähigkeiten dieser merkwürdigen Thiergattung näher auseinandersetzen. Wenn irgend Jemand Gelegenheit hat, die Eigenschaften der Hunde zu studiren, so ist es wohl vorzüglich der Jäger; und wie nützlich, ja unentbehrlich sie ihm sind, muß selbst denjenigen, die keine Jagdhunde besitzen, einleuchten. Büffon sagt ebenso schön als wahr: „Die Unentbehrlichkeit dieses Thiergeschlechtes leuchtet am deutlichsten ein, wenn man einen Augenblick annimmt, es wäre nie vorhanden gewesen. Wie hätte der Mensch ohne Beihülfe der Hunde sich anderer Thiere bemächtigen, sie zähmen und unter seine Botmäßigkeit bringen können? Durch welche Mittel sollte der Mensch noch jetzt wilde und schädliche Thiere aufsuchen, jagen und vertilgen? Um bei hinlänglicher Sicherheit Herr aller lebenden Geschöpfe zu sein, war es nothwendig, sich unter den Thieren selbst einen Anhang zu verschaffen und vornehmlich diejenigen durch Freundlichkeit und Liebkosungen zu gewinnen, denen er die meiste Bereitwilligkeit, sich an ihn zu gewöhnen, und eine vorzügliche Neigung, ihm zu gehorchen, zutraute, damit er sich ihres Beistandes hernach wider die andern bedienen könne. Des Menschen erste Kunst war also die Abrichtung des Hundes; die glückliche Folge dieser Kunst aber die Eroberung und der ruhige Besitz des ganzen Erdbodens."

Sehr schön sagt Cuvier (cf. le règne animal V. I. pag. 149) vom Hunde: „Er ist die merkwürdigste, vollendetste und nützlichste Eroberung, die der Mensch jemals gemacht hat, denn die ganze Gattung ist sein Eigenthum geworden. Jedes Individuum gehört seinem Herrn gänzlich, richtet sich nach seinen Gebräuchen, kennt und vertheidigt dessen Eigenthum und bleibt ihm ergeben bis zum Tode. Und alles dieses entspringt weder aus Noth noch aus Furcht, sondern aus reiner Erkenntlichkeit und aus wahrer Freundschaft. Die Schnelligkeit, die Stärke und der Geruch des Hundes haben für den Menschen einen mächtigen Gehilfen aus ihm gegen die andern Thiere gemacht, und vielleicht war er sogar nothwendig zum Bestand der Gesellschaft des menschlichen Vereins.

Der Hund ist das einzige Thier, welches dem Menschen über den ganzen Erdball gefolgt ist."

Der Hund übertrifft alle übrigen Hausthiere an Gehorsam, Treue, Zuneigung zum Menschen; selbst von seinem Herrn gemißhandelt und schlecht gepflegt wagt er sich nicht zu widersetzen, sondern erträgt ruhig die Härte, bis seine thierischen Kräfte erschöpft sind und sein undankbarer und grausamer Herr ihn der Hand des Henkers überliefert. Sowohl seine äußeren als inneren Sinneswerkzeuge sind von einer bewunderungswürdigen Beschaffenheit. Daß der Jagdhund alle anderen Hunde an Intelligenz wiederum übertrifft, dürfte Jedem einleuchten, der nur einmal Gelegenheit gehabt hat, seine Fähigkeiten kennen zu lernen.

Daß der Jäger ohne Beihülfe des Hundes wenig oder gar nichts ausrichten würde, ist bereits erwähnt. Welche Dienste er aber dem Menschen bei Bewachung des Hauses, der Heerden, auf Reisen und sonst leistet, ja daß er sogar den Grönländern und Kamtschadalen die Stelle des Pferdes vertritt, ist ebenfalls sehr bekannt. Er nützt auch sogar nach seinem Tode durch sein Fleisch, welches in verschiedenen Weltgegenden gegessen und durch sein Fell, welches zu Schuhen, Stiefeln, Handschuhen, zum Beschlagen der Reisekasten gebraucht und verarbeitet wird, sowie denn aus den Haaren Strümpfe und Hüte u. s. w. verfertigt werden.

Wir gehen nun, nachdem wir eine Uebersicht von der Naturgeschichte des Hundes überhaupt gegeben haben, zu der Wartung der Hunde über. Daß hier nur einzig und allein von den zur Niederjagd gehörigen Hunden die Rede ist, bedarf wohl kaum einer besondern Erwähnung.

Von der Wartung der Hunde.

Der Jäger ist seinem treuen Gefährten dem Hunde nicht nur nothdürftiges Obdach und kärglichen Lebensunterhalt, er ist ihm ein reinliches gemächliches Obdach, er ist ihm eine hinlängliche, mit seinem sauren Dienste in Verhältniß stehende Nahrung schuldig. Derjenige Jäger, der das eine oder das andere vernachlässigt, ladet nicht nur den wohlverdienten Vorwurf von Härte auf sich, sondern er handelt auch offenbar wider sein eigenes Interesse, denn von einem schlecht genährten, nachlässig gepflegten, kraftlosen Hunde kann man weder körperliche Anstrengung, noch die zur Jagd unumgänglich nöthige Ausdauer erwarten.

Was nun das Obdach betrifft, so haben viele Jäger die Gewohnheit, ihre Hunde entweder ganz frei umherlaufen zu lassen oder sie in enge Stallungen einzusperren. Beides taugt Nichts. Im ersteren Falle nämlich ist der Hund sich selbst überlassen, nimmt allerhand Untugenden an und verliert Dressur und Gehorsam, nicht zu gedenken, daß er Gefahr läuft, an räudige, oft gar an wüthende Hunde zu gerathen und sich auf diese Weise Krankheit und Tod zu holen; im letzteren Falle aber verliert er den Muth und die Liebe zum Jäger, wird traurig, aus Mangel an Bewegung kraftlos und am Ende gar zur Jagd untauglich. Am zweckmäßigsten daher ist es, die Hunde in einem Zwinger unterzubringen.

Ein Hundszwinger ist ein geräumiger, mit einer Mauer oder andern Einzäumung umschlossener Platz, worin sich zugleich die zum Ausruhen der Hunde erforderlichen Stallungen und Lagerstätten befinden. Die Größe des Zwingers richtet sich nach der Menge der Hunde, die man halten will. Wenn man die Wahl hat, so wähle man einen trockenen ebenen, grasreichen Platz, wo die Morgensonne hintrifft, indem diese jedem Thiere, insbesondere aber dem Hunde Labung und Stärkung gewährt. Fließendes frisches Wasser muß durch den Zwinger geleitet oder doch einige Tröge mit fließendem Wasser in demselben eingerichtet werden.

In diesem Zwinger wird der Hundestall, der ebenfalls geräumig sein muß, vor Allem aber nicht zu niedrig sein darf, angebracht. Ein Blockhaus ist in dieser Hinsicht am zweckmäßigsten, da es nicht nur dauerhaft ist, sondern auch die Hunde vor großer Kälte wie vor großer Hitze schützt, die ihnen beide nachtheilig sind. Der Fußboden, den man entweder ausbohlen oder mit breiten Ziegelsteinen pflastern läßt, muß von beiden Seiten nach der Mitte zu abhängig angelegt, in der Mitte aber eine Rinne zum Abfluß der Feuchtigkeiten angebracht werden. Die Eingänge müssen an der Abend- oder Morgenseite angebracht, die gegen Mitternacht und Süden gelegenen Wände mit einer hinlänglichen Anzahl Schiebfenster versehen, der Zwinger sowohl als die Ställe täglich gereinigt, die letzteren aber überdies öfters gelüftet, auch manchmal und besonders bei feuchter, trüber Witterung mit Essig oder Wachholderrauch ausgeräuchert werden. Die Schiebfenster müssen auch mit Laden versehen sein, um solche bei starker Hitze sowie bei heftiger Kälte und Stürmen verschließen zu können. Man sorge für gute Lagerstätten oder Lagerbänke, denen man eine Höhe von 12—16 Zoll über dem Boden geben kann und für reines trockenes Roggenstroh. Man gebe dieses nicht kärglich, sondern reichlich und lasse es in der Regel wöchentlich einmal, in der Jagdzeit, wo die Hunde oft vom Regen und Schnee durchnäßt nach Hause kommen, zwei bis drei Mal wegnehmen und frisches an die Stelle legen. Nichts ist der Gesundheit und vorzüglich auch der Nase des Hundes nachtheiliger als eine unreinliche und feuchte Lagerstätte und, wie sehr dadurch die Vermehrung des Ungeziefers begünstigt wird, ist ohnehin bekannt. Auch auf diesen Umstand sei man aufmerksam und halte es ja nicht für überflüssig, die Hunde im Sommer öfters waschen und kämmen zu lassen.

Man kann aber auch anstatt der oben erwähnten

Lagerbänke für jeden Hund eine Hütte in dem Stalle anbringen lassen, welches den Vortheil gewährt, daß man den einen oder den andern Hund, wenn es aus diesen oder jenen Gründen nöthig ist, an die Kette legen kann.

Soll das Ganze vollständig sein, so muß in dem Stalle auch eine Abtheilung vorhanden sein, wo man die läufischen oder werfenden Hündinnen oder einen allenfalls kranken Hund unterbringen kann.

Das Einstellen im Zwinger ist für alle zur Niederjagd gehörigen Hunde zweckmäßig. Wer die Jagd nur im Kleinen, oft nur mit einem einzigen Hühnerhunde betreibt, der lege ihn, wenn er ihn nicht als Haus- und Stubenhund betrachtet, in eine reinlich gehaltene Hütte an die Kette oder lasse ihn, wenn er an seinem Hause einen geschlossenen Hofraum hat, bei Tage darin umherlaufen und sorge dafür, daß er, wenn möglich, täglich eine angemessene Bewegung hat.

Hinsichtlich der Fütterung der Hunde ist Nachstehendes zu beobachten. Man muß den Hunden gesunde und kräftige Nahrung reichen, damit sie auf der Jagd auch gute Dienste leisten können. Gut ausgebackenes Roggenbrod mit heißem Wasser aufgebrüht und mit einer Zuthat von etwas Salz und Butter, gedrückt und zu einer Suppe bereitet, ist das gesundeste und kräftigste Nahrungsmittel für Jagdhunde jeder Art. Wer aber viele Hunde hält und daher diese Fütterung zu kostspielig findet, der füttere Haferschrot, was auch gesund und nahrhaft ist, lasse dies ebenfalls mit heißem Wasser anbrühen und solange tüchtig rühren, bis es hinlänglich erweicht und das Ganze einem Brei oder Mus ähnlich ist. Man reiche aber das Futter den Hunden stets lauwarm und sei hierbei ja vorsichtig, denn heiße Fütterung ist den Hunden höchst schädlich und kann sogar die Wuth herbeiführen. Ebenso nachtheilig sind alle fetten, stark gesalzenen oder gar gewürzten Nahrungsmittel, Hülsenfrüchte, Fleisch u.

dgl. Diese Suppe erhalten die Hunde täglich einmal und zwar Mittags, Abends ist trockenes Brod hinreichend. Im Sommer ist es gut, statt der Brühsuppe mindestens zwei Mal in der Woche saure Milch mit Brod zu geben. Es ist diese saure Milch, wenn die Hunde an Stuhl= zwang leiden, auch als ein sehr gutes Abführungsmittel zu empfehlen. Futter darf nur immer soviel auf einmal angebrüht werden, als den Hunden für den Tag zuge= dacht ist; den etwaigen Ueberrest für den folgenden Tag aufzuheben, taugt Nichts. Das die Nacht hindurch in den Gefäßen aufbewahrte Futter wird sauer, es ist über= dies durch den Geifer der Hunde verunreinigt und darf ihnen nie zum zweiten Male vorgesetzt werden. Daß die Gefäße, in denen das Wasser gekocht und die Fütterung zubereitet wird, sowie die Freßtröge selbst äußerst rein gehalten und sowohl vor als nach der Fütterung sorg= fältig ausgewaschen werden müssen, bedarf wohl kaum einer Erinnerung.

Während der Zeit der Ruhe kann man den Hunden weniger kräftiges Futter geben, namentlich Kartoffeln mit untermengen, aber eine Zeitlang vor Beginn der Jagd= zeit müssen die Hunde weniger, aber kräftiges Futter er= halten, damit sie nicht träge sind und genug Kraft für ihren Dienst besitzen. An Jagdtagen müssen die Hunde, besonders wenn man früh auszieht, nie vorher, sondern erst nach der Jagd gefüttert werden, da ein kurz vor der Jagd gefütterter Hund nicht nur träge ist, sondern auch schwächer wittert. Unmittelbar nach der Jagd, wenn die Hunde erhitzt und abgemattet sind, dürfen sie auch nicht gefüttert werden, sondern man muß sie einige Zeit war= ten lassen, bis sie sich hinlänglich ausgekühlt und erholt haben. Während der Jagdzeit ist es gut, den Hunden zur Stärkung bei einem Augenblick der Ruhe etwas Brod zu geben. Die Hunde müssen während der Fütterung beaufsichtigt werden. Man sorge ferner dafür, daß es den Hunden nie an Wasser fehle; es ist dies vorzüglich bei großer Hitze und strenger Kälte nothwendig. Man verlasse sich hierbei nicht auf das Gesinde, sondern sehe selbst nach, daß den Hunden in der Regel täglich einmal und bei starker Sonnenhitze oder Winterfrost mehrmals des Tages frisches Wasser vorgesetzt werde, wenn der Zwinger solches nicht hat. Das Nagen an Knochen sowie den Genuß von Aas vermeide man soviel als möglich.

Wenn ein Hund einmal nicht fressen will, den Tag hindurch aber öfters Grasspitzen abbeißt, so muß der Hund, da dieses Futterversagen gewöhnlich von verdorbenem Magen herrührt, durch folgendes Mittel zum Erbrechen veranlaßt werden. Man vermischt nämlich 8 Gran fein gepulverte weiße Nießwurz oder ebensoviel Ipecacuanha (bei jungen Hunden und Dächseln die Hälfte) mit soviel frischer Butter als ein Hühnerei groß ist. Davon macht man 6 gleichgroße Kugeln und gibt dem Hunde alle halbe Stunde eine solche pillenartige Kugel, bis das Erbrechen eintritt. Sollte dieses aber zu stark sein, so schüttet man dem Hunde ein paar Löffel voll Baumöl ein, wodurch es gleich gemildert wird. Beim Eingeben dieses Brechmittels nimmt man den Hund zwischen die Beine, steckt ihm die Butterkugel in den Hals, hält ihm das Maul zu und streichelt ihm die Gurgel solange sanft, bis der Hund die Kugel verschluckt hat. Am Tage, wo diese Kur vorgenommen wird, hält man den Hund sehr diät und gibt ihm nur einmal etwas Fleischbrühe mit wenigen Brodschnitten.

Von der Züchtung und Erziehung junger Hunde.

Ungeachtet der sorgfältigsten Pflege wird doch manchmal Abgang unter den Hunden stattfinden, sei es nun daß einer oder der andere Alters oder zufälliger Gebrechen halber wird ausgemerzt werden müssen oder sei es daß mancher an einer unheilbaren Krankheit eingeht. Um nun diesen Abgang ersetzen zu können, muß man auf verhältnißmäßige Zuzucht bedacht sein. Wenn man im Besitze guter, fehlerfreier Stammhunde ist (wie die zur Niederjagd gehörigen Hunde körperlich beschaffen sein müssen, wird später bei jedem einzelnen Hunde angeführt werden), so kommt es vorzüglich darauf an, daß man, wenn sich bei dem Weibchen der Begattungstrieb einstellt, eine passende Auswahl unter den zuzulassenden Hunden verstehe. Man sehe insbesondere auf eine gute Nase und ein fehlerfreies Gebäude, nicht nur bei den Aeltern, sondern auch bei den Großeltern und lasse nie zwei Hunde von gleichem Temperamente sich begatten, weil sonst die besten Racen aus physischen Gründen ausarten; man paare vielmehr den langsamen Hund mit der flüchtigen Hündin und umgekehrt und gehe ebenso zu Werke, um die Farbe und die Abzeichen zu erlangen, welche man wünscht.

Das mittlere kräftigste Alter ist immer das beste für die Fortpflanzung. Zu alte Hunde mit zu jungen Hündinnen und umgekehrt zu paaren, ist immer verwerflich. Gut ist es allen Hunden wenigstens einmal im Jahre den Begattungstrieb befriedigen zu lassen, da dies vor manchen Krankheiten schützt. Jede Hündin wird schon im ersten Lebensjahre läufisch, allein es ist besser, diese Periode übergehen und sie erst im dritten Jahre belegen zu lassen, weil sonst ihre Kräfte zu sehr mitgenommen werden, wenn sie Junge bekommt, ehe ihr Körper vollständig entwickelt ist. Auch der Hund muß wenigstens zwei Jahre alt sein, ehe er zugelassen wird. Man paare ihn dann mit einer vier- oder fünfjährigen Hündin, nie aber mit einer solchen, die zum ersten Mal belegt wird. Man suche für diese letztere ebenfalls einen vier- oder

fünfjährigen und zwar den besten Hund unter der Race
aus. Die Meinung, daß der erste Wurf von einer Hün=
din nichts tauge, gehört unter die unerwiesenen Jäger=
sagen. Dies hat nur dann Grund, wenn die Hündin
zu jung belegt wird, alsdann ist aber die Untauglichkeit
der Jungen nicht darin, daß es der erste Wurf ist, son=
dern in dem unpassenden Alter der Mutter zu suchen.
Sobald diese das vollständige körperliche Wachsthum er=
reicht hat, darf man wegen der Tauglichkeit des ersten
Wurfes ganz unbekümmert sein.

Die passendste Zeit znr Begattung sind die Monate
Februar, März und Mai, weil dann die Hündin, welche
neun Wochen trägt, die Jungen in einer Jahreszeit wirft,
wo die Witterung weder zu rauh noch zu heiß und es
mithin leichter ist, sie aufzubringen. Die Kennzeichen des
Begattungstriebes äußern sich bei einer Hündin zuerst
dadurch, daß sie die Hunde liebkost, sich an sie schmiegt
und sich mehr als gewöhnlich mit ihnen herumjagt. So=
bald die Ruß anschwillt muß man sie von den übrigen
Hunden absondern; man sperrt sie in einem vom Zwin=
ger abgelegenen Stall und läßt den für sie bestimmten
Hund nicht eher zu ihr, als bis sie färbt d. h. Blut aus
der Ruß verliert, damit sich dieser nicht vor der Zeit
zwecklos abmatte. Nach dreimaligem Anhange wird der
Hund von der Hündin genommen, letztere jedoch nicht
eher unter andere Hunde gelassen, bis sich die Hitze, welche
gewöhnlich neun bis eilf Tage dauert, völlig verloren hat.

Wenn eine Hündin zur ungelegenen Zeit hitzig wird,
so muß man sie überliegen lassen. Man sondert in die=
sem Falle die Hündin frühzeitig ab und sperrt sie ein,
damit die Hitze durch den Umgang mit Hunden nicht
noch vermehrt werde. Ein alter Jäger hat uns folgen=
des Mittel, die Hitze zu vermindern, anempfohlen: Man
lasse, wenn möglich, die Hündin viel arbeiten und häufig
in's Wasser gehen und gebe ihr jeden Tag ein Stück=

chen weiße Seife so groß wie eine Haselnuß zum Verschlucken, reiche ihr auch Wasser, worin etwas Seife aufgelöst ist und häufig saure Milch theils als Fraß mit etwas Brod theils als Trank. Ein Reinigungsmittel, sowie das Waschen der Geschlechtstheile mit Kampferspiritus leistet auch sehr gute Dienste. Hat man dessenungeachtet Besorgnisse, daß das Ueberliegen schädlich werden könne, so lasse man einen Hund zu und werfe die Jungen nachmals weg. Es muß jedoch das Letztere unmittelbar nach dem Abwölfen und, ehe die Jungen angesogen haben, geschehen, weil sonst das Gesäuge durch den Zufluß der Milch aufschwillt, dies aber zu Knoten, Verhärtungen u. dgl. Anlaß gibt. Um diesen letzten vorzubeugen und zugleich das Aufschürzen des herabhängenden Gesäuges zu befördern, leisten Umschläge von Hefen, schwarzer Seife, kaltem Wasser, Bähungen mit heißem Essig, ingleichen Reinigungsmittel sehr gute Dienste.

Eine Hündin wirft 8, 9, zuweilen noch mehr Junge auf einmal. Ob und wie viele sie ernähren kann, hängt von ihrer körperlichen Beschaffenheit und von der Fütterung ab. Jedenfalls ist es besser, eine geringere Anzahl liegen zu lassen, weil dann die Jungen stärker werden und die Mutter weniger von Kräften kommt. Wenn die Hündin kräftig, nicht zu jung und gut genährt ist, kann man unbedenklich 4 bis 6 liegen lassen. Man wählt 24 Stunden nach dem Werfen den oder die Hunde, welche nach dem Aeußern den stärksten und vorzüglichsten Körperbau haben und die an Zeichnung dem Vater oder der Mutter, je nachdem er oder sie Vorzüge hat, am meisten ähnlich sind. Viele Jäger lassen die Mutter selbst wählen, indem sie ihr alle Jungen nehmen und diejenigen zum Aufziehen bestimmen, welche von ihr zuerst in das Lager zurückgebracht werden; es ist dies jedoch gewöhnlich trügerisch.

Zuweilen ereignet es sich, daß die Jungen todt zur

Welt kommen. Dies und andere Zufälle machen der Hündin das Gebären beschwerlich. Um nun das Gebären zu befördern, gibt man der Hündin eine Unze Sennesblätterlatwerge ein. Man nimmt ferner 3 bis 4 Metzen Waizenkleie, thut diese in einen Kessel und schüttet 10 bis 12 Maas Wasser darauf, rührt tüchtig um und setzt den Brei auf's Feuer. Sobald er lauwarm ist, füllt man ihn in Servietten oder Handtücher und wickelt diese der Hündin um Leib und Hintertheil. Sobald der Umschlag kalt geworden ist, wird ein neuer aufgelegt. Schwillt die Gebärmutter ungewöhnlich an, so bestreicht man sie mit Lohröl. Wenn sich das Gesäuge entzündet, so leistet ein Reinigungsmittel und heißer Dampf von Essig gute Dienste.

Unmittelbar nach dem Gebären gibt man einer Hündin, besonders, wenn sie entkräftet ist, etwas Fleischbrühe mit hausbackenem Brode und einer Beimischung von Leinöl, welches letztere bei etwaiger innerer Verletzung als Heilungsmittel dient. Auch gibt man ihr manchmal ein Stück in frischer Kuhmilch erweichtes hausbackenes Brod mit Erbsenmehl bestreut, welches die Milch vermehrt und den Zufluß befördert. Es gibt Hündinnen, welche ihre Jungen gleich nach der Geburt todtbeißen oder gar auffressen; bemerkt man diesen unnatürlichen Trieb an einer Hündin, so muß man ihr, sobald das Wölfen nahe ist, einen Maulkorb anlegen, bis die Jungen die Augen öffnen. Man halte ferner die Lagerstätte rein und trocken und wechsele täglich das Stroh. Findet sich dessenungeachtet Ungeziefer ein, so nimmt man eine Hand voll frischer Brunnenkresse, zerstoßt diese in einem Mörser, preßt den Saft durch einen saubern Lappen, vermischt diesen mit einem Eßlöffel voll Nußöl und zwei Messerspitzen gestoßenen Safran und bereitet davon eine Salbe. Reibt man damit sowohl die Mutter als die Jungen einen Tag um den andern am Halse und hinter dem Behange ein, so wird man sie bald von jener Plage befreien. Auch ist gegen das Ungeziefer folgende Salbe zu empfehlen:

℞. Extract. Absinth. (Wermuthessig) 2 Drachmen.
Ungu. saturn. Goul. (Goul. Bleisalbe) 3 Drachm.
Ol. Absinth. (Wermuthöl) 2 Loth.
Croc. Or. (Safran) 15 Gran.

Auch ein öfteres Baden oder wenigstens Waschen der jungen Hunde ist zu empfehlen. Wenn man die Jungen 8 Wochen am Gesäuge liegen läßt, ist es genug; ein längerer Zeitraum entkräftet die Mutter.

Um die Jungen bei Zeiten an den Fraß zu gewöhnen, nimmt man sie einige Tage vorher, ehe man sie vom Gesäuge entwöhnt, täglich einige Mal von der Mutter. Man zerläßt Brodkrumen in frischer Kuhmilch zu einem Brei, streicht diesen mit den Fingern den Jungen an's Zahnfleisch, dupst sie sanft mit der Nase hinein und wiederholt die Versuche, bis sie den Fraß annehmen. Man gewöhne sie bald an das für die Zukunft ihnen bestimmte Futter, sättige sie gut und hinlänglich und zwar öfters des Tages in kleineren Portionen, aber überfüttere und verzärtele sie nicht. Bemerkt man, daß die jungen Hunde kein Futter annehmen wollen oder daß sie warme Nasen haben und sonstige Kennzeichen von Krankheit sich äußern, so gibt man ihnen ein Reinigungsmittel. Das beste für junge Hunde ist ein Theelöffel voll Provenceröl mit etwas zerstoßenem Zucker oder Pillen von Jalappa und Kreuzdornsyrup. Manche Jäger geben Schwefel in Wasser aufgelöst; es ist dieses Mittel aber höchst nachtheilig, da er reizend-auflösend wirkt und rasch den ganzen Körper durchdringt. Stirbt die Hündin während der Zeit, wo die Jungen noch am Gesäuge liegen, so muß man eine andere Hündin, die gerade gewölft hat, zum Säugen der Jungen ausmitteln oder letztere durch eine künstliche Vorrichtung aufzubringen suchen. Man nimmt nämlich einen langen, weiten, von beiden Seiten aufgeschnittenen Federkiel und steckt in die eine Seite ein Stück Schwamm in Gestalt einer Hundezitze. Man überzieht dies mit einem feinen Lappen, taucht es in frische warme Kuhmilch und füllt die Röhre zu gleicher Zeit von oben damit an. Die Jungen nehmen dieses artificielle Gesäuge sicher an und saugen mit großer Begierde.

Bei den kurzhaarigen Hühnerhunden werden gewöhnlich die Ruthen verkürzt. Dieses Stutzen muß unmittelbar darauf geschehen, wenn die Jungen zu sehen anfangen. Man legt zu diesem Zwecke die Ruthe auf einen hölzernen Block, setzt ein scharfes Messer auf der abzustutzenden Stelle auf und schlägt mit einem Hammer oder Stück Holz auf das Messer. Unmittelbar nach der Operation bestreut man die Wunde mit Asche, um das Blut zu stillen und überläßt das weitere Heilen dem Lecken der Mutter. Bei Zeiten gewöhne man die jungen Hunde an den für sie bestimmten Namen und an ein Pfeifen, das sich stets gleich bleiben muß und verhüte soviel als möglich, daß der Hund, bis er zur Dressur kommt, Untugenden annehme.

Derjenige aber, welcher sich mit der Dressur von Jagdhunden beschäftigen will, prüfe sich erst, ob er die dazu erforderlichen Eigenschaften besitze. Die Kunst des Dresseur besteht nämlich darin, sich dem Hunde so verständlich als möglich zu machen, die rechten Mittel zu wählen, um in der möglichst kürzesten Zeit zum wahren Ziele zu gelangen und endlich weder zu wenig noch zu viel und stets zur rechten Zeit zu strafen, folglich sich nie vom Zorne hinreißen zu lassen. Neigung, Geduld, kaltes Blut, richtige Urtheilskraft zur Bemessung der Fehler, Selbstvertrauen, sowie ein ziemlicher Vorrath theoretischer Kenntnisse sind also unumgänglich nothwendig. Der Dresseur muß ferner das Temperament des abzurichtenden Hundes studiren, um danach sein Verfahren einzurichten. Nicht alle Hunde haben gleiches Temperament;

es gibt weiche Hunde von sanfter, folgsamer Gemüthsart und harte, widerspenstige Hunde. Jeder verlangt eine andere Behandlung. Während der weiche Hund nur mit Güte behandelt sein will, fast gar keine Schläge verträgt, ist bei dem harten Hunde nur durch Gewalt zum Ziele zu kommen, nur durch Gewalt die widerspenstige Natur zu bändigen. Ebenso wie das Temperament müssen auch die Anlagen des zu dressirenden Hundes berücksichtigt werden, da auch in diesem Punkte die Hunde vielfach von einander abweichen.

Es ist also die Dressur der Jagdhunde nicht so leicht, wie manche glauben, zumal da man in der Ausführung oft auf mancherlei Schwierigkeiten stößt, die nur ein denkender Lehrer mit gemäßigtem und ausharrendem Charakter beseitigen kann. Rascher Appell in allen Fällen ist die Hauptsache, worauf der Jäger bei jedem Hunde zu sehen hat; das Uebrige wird im Nachfolgenden, wo von der Dressur der einzelnen Hunde die Rede ist, gelehrt werden.

Erster Abschnitt.

Von der Dressur des Schweißhundes.

Der Schweißhund hat seinen Namen von dem Worte „Schweiß", dem er, ohne laut zu werden, am Pürschriemen eifrig folgen soll und muß, bis das angeschossene Stück Wild sich seinem Auge zeigt, in welchem Falle man ihn in Freiheit setzt und schießen läßt und er dann das Wild laut jagend einholen, stellen oder todt verbellen muß, bis der Jäger dem Schalle folgend heran kommt und sich des Wildes bemächtigen kann.

Ein guter Schweißhund ist zur Ausübung der hohen Jagd unentbehrlich, aber auch für denjenigen Besitzer einer Niederjagd, welcher einen bedeutenden Rehwildstand hat, nothwendig. Was seine Gestalt und die danach zu beurtheilende Vorzüglichkeit der Race betrifft, so sind darüber die Ansichten verschieden; die einen der Jäger loben die rauhhaarigen mehr als die kurzhaarigen; hier hat man sie gern stark behangen, dort sieht man darauf nicht. Wir verlangen von einem Schweißhunde von guter Race, daß der Kopf und Leib gestreckt, die Schnauze gestreckt und stark, der Behang groß, die Größe mittelmäßig, ungefähr wie die eines geringen Hühnerhundes sei; denn ist er zu groß und stark, so stellt sich das Wild nicht gerne vor ihm und, ist er zu klein, so kommt er im Schnee und Morast nicht gut fort. Die Farbe ist gewöhnlich dunkel, fuchsroth, braunroth, schwarz oder grau. Hat man sich nun einen jungen Schweißhund von guter Race verschafft und ist derselbe drei Viertel oder ein Jahr alt geworden, während welcher Zeit man sich viel mit ihm abgegeben und ihm den nöthigen Gehorsam beigebracht hat, so legt man ihn, ehe die Dressur beginnt, einige Tage an die Kette, damit er auf diese Weise eine größere Beschränkung seiner Freiheit gewohnt werde. Hierauf nimmt man ihn eines Tages entweder an den ledernen Pürschriemen, oder, besonders in der ersten Zeit, an die halb aus Hanf und halb aus Haaren gedrehte, gegen 7 Fuß lange Fangleine, befestigt diese an dem im Wirbel sich drehenden Ring des Halsbandes, welches von starkem Leder, auf der innern Seite mit Tuch oder Rehhaut ausgefüttert, mit zwei ineinander greifenden messingenen Hacken oder Schnallen und mit einem beweglichen Ringe versehen sein muß, hängt die ungefähr 2½ Fuß weite Schlinge der Leine über die rechte Schulter und führt den Hund daran aus, d. h. man macht ihn führig. Man lehrt ihm, stets auf der linken Seite dem

Jäger in schicklicher Entfernung zu folgen, ohne vorzueilen noch zurückzubleiben. Sobald er voraneilt, wird er unter dem Zurufe: Zurück! durch einen Hieb mit einer dünnen Ruthe oder leichten Hundepeitsche bestraft. Aber nicht nur zu Fuße muß der junge Schweißhund dem Jäger in richtiger Entfernung folgen, sondern auch zu Pferde muß man ihn mit gleicher Leichtigkeit führen und behandeln können; er darf weder zu nahe kommen, um getreten zu werden, noch zu entfernt bleiben. Häufiges Ausführen sowohl zu Pferde als zu Fuß vermag allein ihn in diesem Stücke vollkommen zu machen. Die Morgen- und Abendstunden sind zur Ausführung des jungen Schweißhundes am passendsten und eine Gegend, wo man weder häufig Menschen, noch Viehheerden und noch viel weniger Wild antrifft, am geeignetsten; anfangs muß die Führung ganz kurz geschehen, damit der Hund am Riemen nicht hin und herziehen kann.

Ist der Hund nun auf diese Weise führig geworden, so lehrt man ihm Ruhe und Gehorsam, damit derselbe, wenn er Wild erblickt, weder laut, noch unruhig werde, wenn Umstände gebieten, ihn anzubinden und allein zu lassen. Es gehört freilich von Seiten des Hundes keine geringe Ueberwindung dazu, den Trieb der Natur zu bekämpfen und beim Anblicke des Wildes ruhig zu bleiben, allein es ist die Bezähmung dieser angebornen Leidenschaft durchaus nothwendig, wenn der Hund dem Jäger nicht manchen Schuß vereiteln soll. Um ihn nun an das Ruhigsein zu gewöhnen, muß man ihn später an solche Plätze führen, wo er viel Wild sieht. Wenn er, sobald ihm Wild in die Augen fällt, voranschießt, laut wird oder vor Begierde heult und winselt, so muß er unter dem Zuruf: Pfui! Zurück! durch einige Hiebe bestraft werden, und dieß muß man so oft wiederholen, bis er endlich, wenn er auch noch so viel Wild erblickt, still und ruhig hinter seinem

Herrn einhergeht. Ist der junge Schweißhund so weit gebracht, daß er ruhig bleibt, wenn er am Riemen Wild erblickt, so gewöhnt man ihn auch daran, sich an jedem Orte anbinden zu lassen und ruhig zu verhalten, wenn man ihn auch noch so lange allein läßt. Man bindet ihn zu diesem Zwecke an einem Baume mit einer mit Leinwand oder Leder überzogenen feinen Kette, um ihn vom Zerbeißen abzuhalten, an und bleibt anfangs in der Nähe, etwa hinter einem Busche, wo man zwar das Benehmen des Hundes wahrnehmen, von diesem aber selbst nicht gesehen werden kann. Wird der Hund unruhig und sucht sich loszureißen, so eilt man schnell zurück und verweist ihn zur Ruhe und Geduld, indem man ihn unter dem Zurufe: Pfui! wahre dich! anfangs gelinder, im Wiederholungsfalle aber stärker bestraft, bis er sich ruhig verhält. Man kann ihm auch zum Troste ein Sacktuch, die Jagdtasche u. dgl. zurücklassen. Nun geht man immer weiter und entfernt sich successive länger, bis zuletzt der Hund sich gewöhnt, auf kurze oder lange Zeit allein zu bleiben und die Zurückkunft seines Herrn in Ruhe abzuwarten.

Sobald der junge Hund nun in dem Unterrichte so weit gekommen ist, daß er sich sowohl zu Pferd als zu Fuß bequem und ruhig führen und überall hinbinden läßt, ohne die geringste Störung zu verursachen, vielmehr geduldig die Rückkehr seines Herrn abwartet, dann ist es Zeit, denselben auf den Schweiß zu arbeiten und ihn dadurch seiner wahren Bestimmung entgegen zu führen. Bis sich dazu die Gelegenheit bietet, verhüte man wohl, daß der Hund an ein gesundes Wild gelangt und solches jagt, weil sich sonst derselbe leicht das Schwärmen angewöhnt und im Winde suchen lernt. Nie soll der Schweißhund aber die Witterung der Fährte achten, sondern bloß dem Schweiße folgen und sich dadurch charakteristisch von dem Leithunde unterscheiden.

Hat man nun ein Stück Wild gut angeschossen, so verbricht man den Anschuß und läßt es einige Zeit krank werden. Hierauf bringt man den jungen Schweißhund auf den Anschuß, zeigt ihm die Haare und den Schweiß, meint es gut mit ihm, und läßt ihm unter dem Zurufe Such verwundet, mein Hund! auf der schweißigen Fährte kurz und ruhig nacharbeiten. Ist der Hund von guter Race, so wird er sogleich anfallen und selbst wärmere Fährten von gesundem Wilde unbeachtet lassen. Die zu große Hitze, die den Hund sowie den Jäger nur ermüdet, sucht man mit dem Zurufe: Wahr dich! wahr dich! zu mäßigen, und, sollte dieß nicht hinreichend sein, so nimmt man den Hund auf, trägt ihn auf die Seite und fängt nach Verlauf einiger Zeit die Arbeit wieder an; besitzt hingegen der junge Schweißhund zu wenig Feuer, so sucht man ihn mit den Worten: Vorhin verwundet! vorhin! wobei man ihn beim Namen nennt, mehr anzufachen, oder zieht zugleich mit einem alten, guten Hunde vor, dem der junge dann viel leichter folgt und sich dessen Feuer zu eigen macht. Oft auch ereignet sich der Fall, daß der junge Hund einige Zeit der Fährte folgt, dann aber davon abgeht und zu schwärmen anfängt. Viele Jäger begehen da den großen Fehler, daß sie, sobald der junge Schweißhund nur ein wenig von der Fährte abkommt, ihn anhalten und sogleich wieder auf die Fährte bringen. Dieses Verfahren ist grundfalsch; man muß dem jungen Hunde Zeit lassen, die Fährte selbst wieder zu finden, denn er würde sonst stets sich auf eine solche Zurechtweisung verlassen, und auch in solchen Fällen, wo der Jäger genöthigt ist den Hund zu lösen und nicht gleich nachkommen kann. Nur dann, wenn der Hund die Fährte ganz verlieren und überschießen sollte, greift man ihm unter dem Zurufe: Hoho! wende dich danach, verwundet! vor, setzt ihn von Neuem auf die Fährte und hängt so lange nach, bis man das kranke Stück erblickt oder im Bette sitzend findet. Nun erst löst man den Hund und läßt ihn mit den Worten: Hui faß, verwundt! frei nachschießen. Wenn bisher der Hund nur stumm am Riemen nach= gezogen ist, so wird er jetzt, wenn er das Wild im Auge hat, gewöhnlich laut und desto schneller folgen, bis das kranke Stück nicht weiter kann und nun sich vor dem Hunde stellt oder aus Ermüdung stürzt. Ist das kranke Wild noch ziemlich frisch und bei Kräften, so wehrt es sich, wenn ihm der Hund zu nahe kommt, und dieser muß den Vorwitz oft empfindlich fühlen. Dies macht ihn dann vorsichtig und kreisend sucht er unter beständ= bigem Lautsein bald hier, bald dort den Vortheil zu ge= winnen. Wird das Wild nicht wieder flüchtig, so bleibt der Laut auf einer Stelle. Man folgt nun rasch und endigt mit einem wohl gezielten Schuße des armen Thieres Leben, lobt den Hund, gibt ihm zur Belohnung etwas Schweiß und von der Milz und nimmt ihn dann wieder an den Riemen, damit er sich nicht an dem Wilde vergreifen lerne oder umherschwärme. Ist aber das Wild verendet und ist man demselben so nahe gekommen, daß der Hund unmittelbare Witterung erhält, so dulde man nicht, daß er mit hoher Nase Wind nehme, indem sich sonst der Hund die Suche im Winde und nicht die auf dem Boden angewöhnen würde, sondern trage ihn ab, führe ihn auf den Anschuß zurück und fange die Arbeit von vorn wieder an. Fällt er gleich die rechte Fährte an, so gibt man ihm Recht mit den Worten: So recht, mein Hund! darnach! darnach! und läßt ihn bis zum erlegten Stücke fortsuchen, welches er nun unter dem Zuspruche: Recht! schön, schön! an= winden darf.

Nach einer andern Methode wird der Schweißhund zuerst auf die Fährte und den Schweiß eines erlegten Wildes gebracht und man sucht vom Anschuße an auf der Fährte fort, bis man zu dem verendeten Wilde gelangt; später geschieht dann die Arbeit auch auf angeschossenes Wild, dessen Schweiß man mit dem Hunde am Riemen verfolgt, bis es derselbe zu Gesicht bekommt, worauf man ihn löst und anhetzt.

Nur häufige Uebung kann den jungen Schweißhund in jeder Beziehung vollkommen machen. So oft sich also Gelegenheit findet, versäume man nie, den jungen Hund auf solche Weise bei allerlei Witterung und auf verschiedenem, sowohl trockenem, hartem und gefrorenem als auch auf feuchtem Boden nur desto besser und immer zuverlässiger zu machen; nur nehme man sich wohl in Acht, denselben zuerst an schlecht geschossenes Wild zu bringen, wo leicht fehl gehetzt wird, wodurch der Hund verdrießlich werden und in Eifer nachlassen oder ganz erkalten kann. Erst später, wenn der Hund schon ferm und völlig zuverlässig ist, bringt man ihn auch an solche Stücke, die noch schnell auf den Läufen sind, sich öfters stellen und wieder flüchtig werden und nur wenig schweißen, wo dann größere Mühe anzuwenden ist, der Spur zu folgen. In Revieren, die Brücher haben und also dem Jäger das Nachfolgen erschweren oder ihn vielleicht ganz daran hindern, ist es nicht rathsam, mit dem jungen Hunde so weit am Riemen nachzusuchen, bis man das angeschossene Wild erblickt; man muß ihn da vor der Zeit auf der schweißigen Fährte lösen und daran gewöhnen, ohne Führer allein die Nachsuche zu vollbringen, das Wild gehörig zu stellen oder todt zu verbellen.

Oft auch ereignet sich der Fall, daß noch spät am Abend ein Wild angeschossen wird und dann erst am Morgen nachgesucht werden kann. Ein solcher Umstand, ist das Wild nicht gut getroffen, gereicht dem jungen Schweißhunde stets zu großer Uebung; er lernt dadurch auch ohne Fährte nur den Schweiß annehmen und gewöhnt sich, mehr auf diesen als auf jenen seine Achtsamkeit zu legen, wodurch ihm endlich zur Gewohnheit wird, nur das Verwundete zu lieben und Alles, was gesund ist, nicht zu beachten. Doch ist der Vortheil auch nicht minder wichtig, wenn der Hund am Riemen da, wo Schweiß fehlt, das Stück hingegen gut getroffen ist, der Fährte emsig folgt. Denn in der Fristzeit läuft die Wunde, besonders wenn die Büchse eine kleine Kugel schießt, auch ohne Schweiß zu geben zu und manches Stück würde in diesem Falle ohne einen guten Hund verloren gehen.

Es gehört mit zu den vorzüglichsten Eigenschaften eines Schweißhundes, wenn derselbe auch todt verbellt, wodurch so manches Wild, welches sonst verloren gehen würde, desto leichter zu bekommen ist. Wenn diese Eigenschaft nicht in der Race selbst liegt, so ist es immerhin schwer, dem Hunde dieselbe zu verschaffen; doch lassen sich Versuche machen, die zuweilen glücken. Wenn man den jungen Hund so oft als möglich übt, besonders mit einem fermen Hunde, der todt verbellt, von welchem er es dann durch Nachahmung lernen kann, wenn man ihn selbst dann, wenn man das Wild auch stürzen sieht, vom Schuße an bis zu dem Orte, wo es liegt, am Riemen suchen und nun gelöst das Verendete entdecken läßt, so lernt er oft dadurch todt verbellen, besonders wenn man ihn viel hetzt und reizt, recht viel zu bellen. Schlagen diese Mittel fehl und jagt der Hund trotz aller angewandten Mühe stumm, so bleibt freilich nichts Anderes übrig, als einem solchen Hunde eine Schelle anzuhängen, damit man durch den Schall geleitet der Suche folgen kann. Manche Jäger können sich nicht dazu entschließen, dieses Mittel anzuwenden und sie haben auch nicht ganz Unrecht, denn, wenn das Wild nicht ganz vorzüglich krank ist, so wird es, durch das Getön erschreckt, immer weiter fliehen; diesen kann man nichts Anderes rathen, als mit einem Schweißhunde, der nicht todt verbellt, so lange am Riemen auf der Fährte nachzuziehen, bis man das angeschossene Wild erblickt, dann erst zu lösen und so schnell als möglich nachzufolgen.

Es kommen unzählige Fälle bei der Jagd vor und selten sind zwei einander vollkommen gleich. Bald hat man Schweiß, bald keinen; bald ist das Wild an diesem oder jenem Orte gut oder schlecht geschossen, bald war es Abend oder Morgen, als der Schuß geschah, bald hat man nach dem Schuße gute, schlechte oder gar keine Zeichen, bald wird der Schweiß kurz nach dem Schuße schnell verwaschen u. s. w. In allen diesen und andern Fällen, die sich nicht aufzählen lassen, muß der praktische Jäger nach den vorhergegangenen Regeln wissen, wie er den Hund behandeln soll, denn es läßt sich hierüber keine Vorschrift geben und dies kann nur durch die Praxis erlernt werden.

Hat man den jungen Schweißhund durch Anleitung und häufige Uebung dahin gebracht, daß er nicht allein am Riemen auf dem Schweiße gut fortsucht, sondern auch die kranke Fährte ohne Schweiß an der Witterung erkennt und während der Arbeit keine gesunde Spur noch weniger die vom geringen Zeuge anfällt, das wunde Stück, wenn man ihn auf dasselbe hetzt, so lange laut jagt, bis er es stellt, so kann er ferm genannt werden. Ein auf Edelwild regelmäßig gearbeiteter Schweißhund läßt sich dann auch leicht auf Dam= und Rehwild ge= brauchen; bei Sauen aber wird viele Vorsicht erfordert und man darf die ersten Hetzen nur dann vornehmen, wenn man einen alten fermen auf Sauen gearbeiteten Schweißhund zur Anleitung und Unterstützung des jungen beigeben kann.

Hat man den jungen Schweißhund ganz ferm dres= sirt, dann kann man ihn auch anführen, einen feisten Hirsch loszumachen und zum Schuß zu bringen.

Man bestellt nemlich ein Dickicht, welches der Feisthirsch angenommen hat, an den Wechseln mit Schützen, nimmt den Schweißhund an den Riemen, geht auf die Stelle, wo der Hirsch hinein ist, zeigt ihm die Fährte und sucht auf dieser so lange nach, bis der Hirsch weggeht. Kömmt er nicht zum Schuß, sondern geht in ein anderes Dickicht, so umgeht man es mit dem Hunde; ist der Hirsch im Dickicht, so wird es mit dem Schützen umstellt und mit dem Hunde auf der Fährte nachgezogen so lange bis der Hirsch zum Schuße kommt. Ist er angeschossen, vom Hunde gestellt und dann vor ihm todt geschossen, so darf dies nur einigemal geschehen und der Hund wird in der Folge den Hirsch auf eine weite Strecke verfolgen, keine andere Fährte annehmen und man wird vor demselben die Feisthirsche schießen können. Daß man bei dieser Uebung keinem andern Wilde als Feisthirschen nach=hängen dürfe, versteht sich von selbst, weil sonst der Hund zu diesen und allen andern Nachsuchen würde verdorben werden.

Zum Schlusse dieses Abschnittes wollen wir noch die für Schweißhunde gebräuchlichen Namen, sowie die waidmännischen Ausdrücke anführen, welche bei der Ar=beit eines Schweißhundes vorkommen.

Die gewöhnlichen Namen, welche man den Schweiß=hunden beilegt, sind: Sellmann, Solimann, Hirschmann, Pürschmann, Waldmann für **männliche** Hunde; Häle, Hela, Diana, Minerva für **weibliche** Hunde.

Die waidmännischen Ausdrücke, welche bei der Ar=beit eines Schweißhundes vorkommen, sind folgende:

Der Schweißhund wird **gearbeitet.**

Er wird an den **Pürschriemen** oder die **Fang=leine gefaßt** und wird daran **geführt.**

Er wird auf den **Schweiß gelassen,** wenn er auf den Schweiß eines angeschossenen Wildes gebracht und ihm zugesprochen wird, denselben zu verfolgen.

Er geht auf den Schweiß, wenn er ihn an= nimmt und verfolgt.

Ist Wild angeschossen und der Hund wird auf den Schweiß gelassen und derselbe mit ihm verfolgt, so wird mit dem Schweißhunde oder auf den Schweiß nachgehangen oder nachgesucht.

Wird der Schweißhund von dem Riemen oder der Fangleine gelassen, so wird er gelöst.

Die Hetze fängt an, wenn auf den Schweiß nach= gegangen ist und der Hund zum Verfolgen und Stellen des Wildes gelöst wird.

Es wird gehetzt, wenn der gelöste Hund das Wild laut verfolgt.

Bringt der Schweißhund das angeschossene Wild zum Stehen vor sich und gibt davor aus, so stellt er es.

Das Ausgeben selbst heißt das Verbellen.

Der Hund steht bei dieser Handlung vor dem Wilde.

Findet der Schweißhund das angeschossene Wild, wenn solches schon geendet hat, und steht davor mit Ausgeben, so verbellt er todt.

Packt er ein angeschossenes Wild an und zieht es nieder, so wirft er es.

Ein solcher Hund, welcher gewöhnlich von großer Race ist, heißt ein Werfer.

Der Schweißhund bekommt den Genuß oder wird genossen gemacht, wenn er beim Aufbruch des Wildes den Schweiß erhält.

Zweiter Abschnitt.

Von der Dressur des Jagdhundes.

Sobald diese Benennung im engsten Sinne des Worts genommen wird, versteht man darunter diejenige Hundegattung, die zum Aufspüren, Lautjagen und Forciren der Hasen, Füchse u. s. w. gebraucht wird. Es ist in gewisser Hinsicht eine Art von Parforcehunden, jedoch von diesen auch hinwiederum sowohl in Gestalt als Wesen ganz und gar verschieden, so daß sie für sich besondere Racen ausmachen. Die Farbe ist gewöhnlich schwarz mit braunen Abzeichen oder rothgelb mit weißen Abzeichen oder wolfsgrau oder auch wohl gefleckt, obwohl man diese letzteren, wenn sie nicht etwa Bastarde von einem Jagd= und Hühnerhunde, sondern von reiner Race sind, weniger häufig antrifft. Das Haar ist größtentheils glatt, die langhaarigen sind seltener.

Was nun die Gestalt und die danach zu beurtheilende Vorzüglichkeit der Abstammung betrifft, so verlangen wir von einem Jagdhunde von guter Race, daß er von mittlerer Größe sei, einen mittelmäßig dicken Kopf, einen guten Behang, wohl belappte Oberlefzen, einen weiten Rachen, ein scharfes Gebiß, muntere Augen, eine breite Brust, einen eingebogenen Rücken, einen stark behaarten, etwas eingezogenen Bauch, muskulöse Lenden und Läufe, dürre, mit harten Ballen versehene Füße, schwarze Zehen und eine gerade ausgestreckte, wenig gekrümmte Ruthe habe. Seine Nase muß ferner gut und seine Stimme laut und wohlklingend sein. Man zieht die grobhälsigen den feinhälsigen vor; manche haben einen sogenannten Doppelhals, d. h. sie geben beim Jagen einen doppelten Laut von sich und dies ist dem Ohre sehr angenehm.

Hat man sich nun einen jungen Hund von guter Race verschafft und ist derselbe ein Jahr alt geworden, während welcher Zeit man ihm den nöthigen Gehorsam beigebracht hat, so muß er koppelbändig gemacht werden. Man koppelt ihn zu diesem Zwecke mit einem andern, am besten mit einem etwas gesetzten und friedfertigen Hunde zusammen und läßt ihn täglich einige Stunden im Zwinger gekoppelt einhergehen. Gleich anfangs beim Aufkoppeln muß man ihm freundlich zusprechen, ihn liebkosen und unter dem Zuspruche: Ho Koppel! Hoho! ho! ho! wobei man ihn beim Namen nennt, dahin zu bringen suchen, daß er am Ende von selbst kommt und sich willig koppeln läßt. Sobald er koppelbändig ist, führt man ihn und, wenn man mehrere junge Hunde von gleichem Alter und vielleicht gar von einem Wurf hat, diese sämmtlich zwei und zwei zusammengekoppelt zu Fuß oder zu Pferde aus, um die Hunde theils an den Anblick der ihnen zum Theil fremden Gegenstände zu gewöhnen, theils vorzüglich um sie frühzeitig in Athem zu setzen. Man macht anfangs kürzere, später längere Touren und treibt sie, sobald sie unnütz stocken oder sich aufhalten, durch Zurufen, und nach Umständen durch mäßiges Strafen fort. Der junge Jagdhund muß dem Rufe oder Pfiffe des Jägers ebenso gehorchen wie der Hühnerhund. Ist der junge Jagdhund gehorsam und koppelbändig geworden, dann führt man ihn, sobald die Niederjagd im Holze aufgegangen ist, zum Suchen und Jagen, d. h. man jagt ihn ein. Man wählt dazu einen schönen heitern Morgen in einer Waldstrecke, wo der Boden weder zu trocken noch zu naß, sondern etwas feucht ist, weil er auf einem solchen Boden die Witterung der Wildspuren leichter halten kann; auch wählt man ein Feldgehölz oder einen Waldbezirk, wo man sicher ist, bald einen Hasen oder Fuchs zu finden, weil der junge Jagdhund sonst leicht überdrüssig und unachtsam wird. Bei dem ersten Einjagen, wie auch so lange fort, bis der junge Jagdhund vollkommen gerecht ist, gibt man ihm einen alten gerechten, jedoch sehr wenig flüchtigen Bracken oder in dessen Ermangelung einen gerecht jagenden, etwas bedachtsamen Dachshund bei, der ihn gleichsam dressiren muß. Ist man auf dem Platze angekommen, von welchem aus das Suchen beginnen soll, so koppelt man die beiden Hunde unter dem Zuspruche: Los Hunde! los! los! ab und ermuntert sie zum Suchen mit dem Zuruf: Uh la la la — such op — such op — binne, binne, uch ba ba ba! wobei man mit einem lange gezogenen Pfiff und einem tiefern Triller abwechselt. Sobald man bemerkt, daß ein Hund vernimmt d. h. die Fährte zu wittern anfängt, welches man bei Jagdhunden wie bei Hühnerhunden daran erkennt, wenn der Hund die Ruthe stärker bewegt und mit größerer Begierde sucht, so wiederholt man den Zuspruch.

Hat der alte Hund gefunden und wird laut, so ruft der Jäger einige Male: Hubie! Hubie! Schlägt der junge Hund bei und fällt dem alten zu, so sucht der Jäger so schnell als möglich zu folgen um im Falle, daß der junge Hund verwirrt würde, ihn wieder durch Zuruf heran und auf der Spur zu bringen, so daß er auf ihr fortjagt und dem alten Hunde gerecht folgt. Will der junge Hund aber nicht beischlagen, so kommt ihm der Jäger zu Hilfe, indem er vor ihm hergeht und ihm die Spur zeigt, auf welcher der alte Hund fortjagt, welche er mit tiefgesenkter Nase und unter beständigem Lautsein zu verfolgen hat.

Fängt der junge Jagdhund zuerst an laut zu werden und bemerkt der Jäger, daß derselbe blos auf einem alten Gefährte, oft auch, weil ein Vogel vor ihm herausflog, klafft, so ruft er ihn mit den Worten: Pfui da, pfui da! ab, dagegen er, wenn er Recht hat, ihn belobt und sich sogleich, ohne weiter einen Zuruf hören zu laſſen, auf den Wechſel oder Paß, den der Haſe oder Fuchs annimmt, begibt.

Geht die Jagd nach einer andern Gegend fort, ſo zieht der Jäger nach. Werden die Hunde ſtill, ſo zieht er hin, denn die Hunde haben den Haſen, der vielleicht Wiedergänge gemacht, ſich vielleicht gedrückt hat, wie dies namentlich bei jungen Haſen oft vorkommt, verloren. Er muß ſie dann auf's Neue zum Suchen ermuntern und ſolange bis ſie wieder auffinden. Ein unverzeihlicher Fehler vieler Jäger iſt, die Hunde in dieſem Falle abzurufen; der Jäger darf, wenn die Hunde verloren haben, ſchlechterdings nicht eher nachlaſſen, bis ſie wieder auffinden, es ſei denn, daß Trockenheit des Bodens oder andere Umſtände bies aller angewandten Mühe ungeachtet vereiteln, da er denn freilich abſtehen muß; auf trockenem Boden richtet man ſelbſt mit alten gebrauchten Hunden wenig aus, noch viel weniger aber mit jungen Hunden, welche nur deſto leichter die Fährte verlieren und dann unmuthig werden.

Wenn der junge Hund aus Hitze überrollt d. h. wenn der Haſe oder Fuchs plötzlich eine Wendung macht und er aus Unerfahrenheit oder Hitze, anſtatt der Fährte links oder rechts zu folgen, dieſe verfehlt und gerade aus vor ſich hinjagt, ſo muß der Jäger den Hund augenblicklich unter dem Zurufe: Hai! Hai! Hai! hier! hier! hier! und wenn ſie kommen, da weg! da weg! wieder auf das Gefährte bringen.

Im Anfange ermüde man junge Hunde nicht zu ſehr, ſondern laſſe ſie vielmehr, beſonders, wenn der Tag heiß iſt und es abgefährtet hat, aufkoppeln und ziehe nach Hauſe, damit ſie nicht den Muth verlieren.

Erſt nach öfterem Einjagen, wenn der junge Hund das Suchen, das Lautſein, das Beiſchlagen gehörig inne hat, ſchieße man das von ihm gejagte Wild. Manche Jagdſchriftſteller ſind der Anſicht, daß man es ſich nicht

leid sein lassen solle, wenn der junge Hund das erste
Mal den geschossenen Hasen zerreißt, und behaupten, daß
er dann in der Folge desto besser und begieriger jage.
Wir können dieser Ansicht durchaus nicht beistimmen; im
Gegentheil, wir glauben, daß man die wichtigste Beach=
tung darauf zu wenden habe, daß der junge Jagdhund
das geschossene Wild nicht anschneide. Am besten wird
er davon abgehalten, wenn man zu seinem Einjagen einen
alten, etwas bissigen Bracken mitnimmt, welcher die Ge=
wohnheit hat, beim verendeten Hasen sogleich seinen Platz
einzunehmen und jeden andern Hund, der sich ihm nähert
abzubeißen. Ist jedoch ein Fuchs gestürzt, so ist es gut,
den alten Hund abzunehmen, den jungen Hund aber auf
den Fuchs zu hetzen, diesen vor ihm hin und her zu
schleifen und ihn durch Zuruf recht scharf zu machen, wo=
bei man ihn auch recht bald dahin bringen kann, den
Fuchs nur am Halse oder Genick zu würgen, nicht aber
an dem Hintertheile, den Flanken oder gar an den Bran=
ten zu packen.

Wenn man das vom Hunde gejagte Wild erlegt
hat, so ruft man ihn herbei und zeigt es ihm unter dem
Zurufe: Ho, ho, ho! todt, todt! hüte sich aber ja,
den jungen Hund auf dem Anschuße genossen zu machen,
d. h. etwas vom Schweiß oder Aufbruch des Wildes zu
geben, wie manche Jagdschriftsteller angeben. Gerade
durch dieses genossen machen wird in dem jungen Hunde
die Lust zum Anschneiden erweckt. Ueberhaupt rathen
wir aus eigener Erfahrung jedem angehenden Jäger und
Jagdliebhaber, nie zuzugeben, daß sein Hund, sei er
Schweiß=, Jagd=, Hühner= oder Dachshund, so lange er
noch jung und noch nicht ganz erprobt ist, daß er kein
Wild anschneidet, von einem angeschossenen Wilde den
Schweiß ablecke. Diesem Lecken folgt unmittelbar das
Berupfen und mit diesem das Verlangen nach dem Ge=
nuße frischen Wildprets. Ist es dem jungen Hunde nur

einmal gelungen, dieser Begierde unbemerkt zu genügen, so ist es fast unmöglich, ihn künftig vom Anschneiden abzubringen. Bei älteren erprobten Jagdhunden aber, die in Beziehung auf das Anschneiden schon die Feuerprobe bestanden d. h. bei jeder Gelegenheit, wo sie es hätten thun können, das Anschneiden unterlassen haben, ist das Genossen machen, insbesondere beim Aufgehen der Hasenjagd sehr nützlich. Die größte Aufmerksamkeit muß der Jäger darauf richten, daß der junge Jagdhund nicht vorlaut werde. Er muß daher jederzeit im Augenblicke wo er vorlaut wird, ihn auf's schnellste an sich bringen und mit einer Haselgerte oder nicht starken Hundepeitsche tüchtig bestrafen, dagegen wenn er, ohne vorher auch nur einen Laut ausgegeben zu haben, ein Wild rege macht und nun seine Schläge recht eifrig hören läßt, ihn beim Rückkehren von diesem Aufstich und Jagen recht abliebeln und mit einem guten Bissen belohnen.

Solange der junge Jagdhund noch nicht ganz ferm ist, bringe man ihn nie unter fremde Hunde. Ferm kann er aber erst dann genannt werden, wenn er fleißig und flink sucht, leicht findet, nicht vorlaut ist, die Fährte des Wildes, das er jagt, nie mit einer andern verwechselt, so lange anhält bis das Wild dem Schützen zu Schuße kommt oder von ihm gefangen wird und nie ein gefangenes oder angeschossenes und dann verendet gefundenes Wild anschneidet, sondern dem Jäger durch ununterbrochenen Standlaut den Platz bezeichnet, wo das Wild liegt.

Bezüglich der Jagdausübung mit Jagdhunden merke man sich noch folgende Regeln:

Jeder Jagdhund jagt leichter und anhaltender auf dem Schnee, vorausgesetzt, daß die Witterung günstig und der Schnee feucht und zusammenhängend, nicht aber trocken und sandartig ist, oder wohl gar eine Kruste hat, als auf der Blöße; er verliert auch auf dem Schnee das Gefährte nicht leicht.

Rasche Hunde, wenn sie sonst zuverlässig sind und nicht überrollen, können auf der Blöße großen Vortheil schaffen, allein auf dem Schnee stehen sie dem langsameren, bedächtigen Hunde bei weitem nach, indem der letztere den Hasen auf dem Schnee bei weitem sicherer und anhaltender als der rasche jagt, ihn auch weniger drängt und daher leichter zum Schuß bringt.

Auf der Blöße ist ein mittelmäßig feuchter Boden, zur Winterszeit aber ein die Nacht vorher feucht und ohne Wind gefallener Schnee der Jagd mit Jagdhunden am vortheilhaftesten. Je stiller der Tag ist, an dem man mit Jagdhunden jagt, desto besser wird man die Hunde abhören, bei starkem Winde und Sturm aber wenig ausrichten.

Man kann leicht unterscheiden, was die Hunde jagen. Der Hase, insbesondere der junge, macht viele Wiedergänge und die Hunde brauchen längere Zeit, bis sie ihn zum Schuße bringen, während der Fuchs stets weit vor den Hunden vorauskommt, nicht wie der Hase die Wege und Steige hält, sondern entweder durch Dickichte sich vorbeizustehlen sucht oder, wenn er dies nicht kann, sehr flüchtig dahin fährt. Einen Fuchs jagen auch die Hunde gemeinhin viel rascher und eifriger als einen Hasen. Daß der Jäger beim Fuchse den Wind gehörig in Acht nehmen muß, was er beim Hasen nicht zu thun hat, ist natürlich.

Endlich bemerken wir, daß der gemeine Jagdhund — auch Bracke, Wildbodenhund genannt — für den Jäger, der ein sehr gebirgiges, mit weitläufigen Dickungen, von Brüchern reichlich durchschnittenes Revier hat, wie dies im bayerischen Hochgebirge, im Spessart, im bayer. Wald der Fall ist, ganz unentbehrlich, dagegen in ebenen, mehr aus kleinen Gehölzen als aus fortlaufender Waldung gebildeten Jagdrevieren der Ruin des Wildstandes ist. Aber auch in gebirgigen Revieren bringe man, um die Jagd zu schonen, den Jagdhund nicht vor dem 1. Oktober in's Feld.

Zum Schlusse dieses Abschnittes wollen wir noch die für Jagdhunde gebräuchlichen Namen, sowie die waidmännischen Ausdrücke anführen, die bei der Arbeit eines Jagdhundes vorkommen.

Die gewöhnlichen Namen, welche man den Jagdhunden beilegt, sind: Haltan, Hektor, Black, Nero, Ponto, für männliche Hunde; Lady, Tiny, Juno, Stoffa für weibliche Hunde.

Die waidmännischen Ausdrücke, welche bei der Arbeit eines Jagdhundes vorkommen, sind folgende:

Jagdhunde mit einer hellen, gut klingenden Stimme haben einen guten **Hals**; mit einer feinen Stimme heißen sie **feinhälsig**, mit einer groben **grobhälsig** und mit einer doppelten **doppelhälsig**.

Der Jagdhund wird **gearbeitet**.

Zwei oder drei Jagdhunde, an einander gekettet, heißen eine **Koppel**. Die Halsbänder nebst den Ketten heißen die **Koppel** und wenn die Hunde dadurch zusammengekoppelt werden, so werden sie **gekoppelt**; werden ihnen hingegen die Koppel abgenommen, so werden sie **los-** oder **abgekoppelt**.

Werden ein oder zwei Jagdhunde täglich einige Stunden mit einem alten zusammengekoppelt, damit sie sich an die Koppel gewöhnen, so werden sie **koppelbändig gemacht**.

Man setzt junge Jagdhunde in **Athem**, wenn sie, um an das anhaltende Laufen gewöhnt zu werden, täglich und jedesmal etwas weiter gekoppelt ausgeführt werden.

Wenn jungen Hunden durch einen alten das Jagen gelehrt wird, so werden sie **eingejagt**.

Werden die jungen Hunde auf der Nachtfährte des Wildes laut werden, so sind sie **vorlaut** oder **waidelaut**.

Wird der alte Hund laut und die jungen laufen zu ihm und thun dasselbe, so **schlagen sie bei**.

Werden Jagdhunde beim Jagen still, so haben sie **verloren**. Jagen sie so lange fort, bis das Wild erlegt, zu Bau oder so ermüdet ist, daß sie es fangen können, so **halten sie an**.

Ein Jagdhund, der seine Jagd vollkommen macht, heißt ein **zuverlässiger** Jagdhund.

Ein Jagdhund ist nicht ein, zwei, drei Jahre u. s. f. alt, sondern er steht im ersten, zweiten u. s. f. **Felde**.

Er wird **genossen gemacht** oder bekommt den **Genuß**, wenn ihm das Gescheide des erlegten Wildprets gegeben wird.

Der Jagdhund **überrollt** oder **überschießt**, wenn er zu hitzig gerade ausjagt, ungeachtet sich das Wild zur Seite gewendet hat.

Dritter Abschnitt.

Von der Dressur des Windhundes.

Während bei der Jagd mit dem Jagdhunde die Geschicklichkeit des Jägers den Ausgang des Werkes krönen muß, kommt bei der Jagd mit dem Windhund die Geschicklichkeit des Hundes vorzüglich in Betracht, indem dieser des Wildprets habhaft werden muß. Es kann aber auch der Jäger dem Windhunde durch Dressur nur wenig zu Hülfe kommen, er muß Alles von Natur mitbringen. Sobald in diese irgend vernachlässigt hat, ist er schlechterdings ganz und gar untauglich. Der Jäger kann weder durch Kunst noch durch Mühe ihn laufen und fangen lehren. Sowie nun aber hiernach natürliche Anlage und zwar vorzüglich Körperbau bei dem Windhunde beinahe einzig und allein für seinen größern oder geringern Werth entscheidet, so trügt auch bei dieser Hundegattung die äußere Gestalt ungleich weniger als bei andern und es wird der sachkundige Jäger nach dem Aeußern des Windhundes mit ziemlicher Gewißheit seine Tauglichkeit bestimmen können. Die drei wesentlichen Eigenschaften, die dem Windhunde von Natur aus eigen sein müssen, sind: daß er gut äuge, d. h. daß er den Hasen, sobald er aufgeht, nicht nur gleich in's Auge fasse, sondern ihn auch immerwährend im Auge behalte, ferner, daß er gut laufe und daß er gut fange. Er muß daher ein scharfes Gesicht, Schnelligkeit und Kraft und einen entsprechenden Körperbau haben.

Was nun die Beschaffenheit des Körperbaues betrifft, so verlangen wir von einem wohlgebildeten und für seine Bestimmung tauglichen Windhunde, daß er einen mittelmäßig starken, wohlgeebneten Kopf, eine schmale spitzige Schnauze, ein mit scharfen Fängen versehenes, langgeschlitztes Gebiß, lebhafte, helle, vorliegende Augen, einen langgestreckten Leib, einen hohen, breiten Rücken habe, vorn etwas niedriger gebaut sei als hinten; ferner verlangt man eine lange, dünne Ruthe, einen stark eingezogenen, engen Bauch, fleischige Hüften, lange dünne Läufe, platte Schultern und einen festen Knochenbau. Die Farbe ist weiß, gelb, wolfsgrau oder gefleckt. Das Haar ist glatt oder lang.

Die Dressur beginnt beim jungen Windhunde erst, wenn er ein Jahr, oder, wie einige Jagdschriftsteller angeben, ein und ein halbes Jahr zurückgelegt hat. Das erste ist, den jungen Windhund strickbändig zu machen.

Man legt ihm zu diesem Zwecke das Hetzband an, woran der Hetzstrick ist, der halb aus Pferdehaaren und halb aus Hanf gemacht, bei der Windhatz zu Pferde am Sattelknopf, bei der zu Fuß am Bandelier rechts befestigt wird, jedoch mit einer Schleife, die mit dem leichtesten Rucke zu lösen ist. Beim Strickbändigmachen nimmt man immer einen alten, wohl dressirten Windhund zu zwei jungen und sieht darauf, daß keiner von diesem Strick beim Führen voraneilt oder zurückbleibt, dem Pferde oder dem Führer zu Fuße zu nahe kommt noch zu sehr seitwärts abweicht. Der junge Windhund muß insbesondere mit aller Strenge gelehrt werden, auf den Ruf seines Führers genau Acht zu haben und ihm schnell gehorsam zu sein. Man bestrafe daher jede Unart oder Anaufmerksamkeit des jungen Windhundes, jedes Ziehen an der Leine mit einem tüchtigen Ruck des Hetz=strickes und mit einem tüchtigen Peitschenhieb unter dem Zurufe: Wahr dich! oder: Schon dich! Gleichwie beim Jagdhunde macht man anfangs kleinere, dann immer größere Touren, um sie nach und nach in Athem zu setzen.

Ist der junge Windhund ferm strickbändig, so wird er eingehetzt. Man wählt dazu einen heitern Morgen und ein möglichst ebenes, von keinen beholzten Strecken oder breiten Wassergräben und Sümpfen durchschnittenes Terrain, wo der Boden trocken, aber nicht zu hart und nicht zu weich ist; auch, wo nicht zu viele Hasen liegen, damit die jungen Windhunde durch das Aufstehen mehrerer Hasen zugleich nicht verwirrt werden und ein Change=Jagen annehmen, d. h. den bisher verfolgten Hasen verlassen und einem andern frisch aus der Sesse fahren=den nacheilen.

Der Jäger hat beim Hetzen vor Allem zwei wesent=liche Fehler zu vermeiden, einmal, daß er nicht zu weit anhetze und dann, daß er sich im Anfange mit we=

nigen Hetzen, und je nachdem diese lang oder kurz sind, mit zwei, drei begnüge. Wenn der Hase zu weit aufgeht und der junge Hund gewahr wird, daß er ihn trotz aller Anstrengung nicht einholt, so bleibt der Hund, wenn dies nur zwei= oder dreimal geschieht, am Ende selbst dann, wenn der Hase nahe aufgeht, stehen und läuft gar nicht nach. Hetzt man dagegen mit einem jungen Hunde im Anfange an einem Tage zuviel, so leiden seine Kräfte; der Hund kommt, wenn die Hetze lang ist, außer Athem und wird überhetzt. Ein dritter Fehler endlich, vor dem der Jäger sich zu hüten hat, ist der, dem aufgescheuchten und auf den Hetzer zukommen= den Hasen entgegen zu hetzen. Die Hunde schießen in diesem Falle gemeinhin über den Hasen fort und er hat, ehe sie sich wenden, einen großen Vorsprung und entkommt gar leicht, besonders wenn ein Gesträuch in der Nähe ist. Wenn der Hase auf den Jäger zukommt, so hetze man entweder gar nicht oder man lasse den Hasen erst vorbei und behetze ihn dann.

Das Anhetzen selbst geschieht, indem man, sobald ein Hase aus der Sasse fährt und man glaubt, daß die Entfernung die richtige sei, den Strick löset und den Hunden zuruft: Hetz! Hetz! oder: Heha! Heha! Sobald der Hase gefangen ist, muß der Jäger herbei= eilen und den Hunden unter dem Zurufe: Herab! Herab! frühzeitig das Rupfen und Reißen abgewöhnen und sie nach Umständen strafen, wenn sie es nicht nach= lassen. Es ist daher gut, wenn der alte Windhund, welcher den jungen als Führer dienen soll, ein Retter ist, d. h. er muß den gefangenen Hasen vor dem Zer= reißen der andern Hunde schützen und entweder so lange zum Schutze dabei liegen bleiben, bis der Jäger kommt, oder den Hasen apportiren. Ein solcher Retter fordert eine eigene Dressur. Man wählt nemlich unter den jungen Hunden den stärksten aus und läßt ihn bei jeder

Gelegenheit seinen Vorzug vor den übrigen merken. Wenn die Hunde gefüttert werden, so bekommt er seine Portion zuerst und in Gegenwart der andern und, wollen diese mit ihm fressen, so werden sie zurückgewiesen und sogar mit Strafen bedroht. Er wird bei diesem Verfahren bald merken, daß er mehr als sie gilt, und, wenn sie dann mitfressen wollen, sie durch Knurren und Beißen abhalten, wobei man ihm zur Behauptung der Oberhand beisteht. Wenn er vollkommen eingehetzt ist, so hetzt man mit ihm und zwei auch schon eingehetzten jungen Hunden und nimmt, sobald der Hase gefangen ist, denselben den andern Hunden ab, legt ihm denselben allein vor und schmeichelt ihm dabei. Wird dann einer der jungen Hunde herankommen und den Hasen beriechen wollen, so wird der Retter schon aus alter Gewohnheit wissen, was er zu thun hat, ihm die Zähne weisen und knurren. Wird er dabei geschmeichelt und ihm Recht gegeben, so wird er bald ein fermer Retter werden und alles gefangene Wildpret weder von Hunden noch Menschen berühren lassen und seinem Herrn unversehrt überliefern.

Nachdem der Hase gefangen ist und der Retter denselben dem Jäger überliefert hat, werden die Hunde wieder an den Hetzstrick genommen und erst dann wieder gelöst, wenn ein zweiter Hase aus der Sasse fährt und derselbe behetzt werden soll.

Bei hartem Frost, oder wenn es glatteiset, oder auch wenn der Schnee eine Kruste hat, welche zwar den Hasen, nicht aber den Hund trägt, zu hetzen, ist nicht nur den Hunden nachtheilig, sondern auch größtentheils ohne Erfolg; ebenso soll man auch auf fetten oder lehmigen Aeckern, sowie bei weichem tiefem Schnee, wo jeder Bauernhund den Hasen fangen kann und das Hetzen deßhalb kein großes Vergnügen gewährt, dasselbe unterlassen. Jedoch ist es gut, wenn der Jäger die genannten, auf Witterung beruhenden Umstände ausgenommen, den Hund, sobald er einigermaßen eingehetzt ist, mit Geläufen aller Art bekannt macht. Hunde, die auf hartem Boden mit leichter Mühe fangen, pflegen, wenn sie zum erstenmal auf Sandboden kommen, gerne laufen zu lassen; dies kommt daher, daß der Hund jedesmal, wenn er auf ein fremdes Geläufe gebracht wird, im Anfange, ehe er damit bekannt ist, im Laufen zurückbleibt; sobald er aber nur erst Boden und Gegend kennen gelernt hat, wird er wieder gerade so gut laufen, wie auf hartem Boden. Uebrigens kommt hiebei auch der gehetzte Hase in Betracht; nicht jeder Hase besitzt gleiche Schnelligkeit im Laufen, auch läuft ein und derselbe Hase zu einer Zeit schneller, als zu der andern. Der Grund der letzten Erscheinung liegt vorzüglich in der Aesung. Sowie diese nach Verhältniß der Jahreszeit besser oder schlechter ist, so wird der Hase auch z. B. im Anfange des Herbstes, wo die Wintersaat noch nicht völlig aufgekeimt ist, schwächer, später hinaus aber, wenn er sich erst auf dieser gräset und mehr Kräfte erlangt hat, ungleich stärker laufen.

Nur selten pflegen junge Hunde zum ersten Mal einen Fuchs, so leicht sie ihn übrigens einholen, zu nehmen. Um nun die jungen Hunde an Füchse einzuhetzen und sie zu bewegen, daß sie diese auch gehörig würgen, muß der alte Hund, welcher ihnen als Lehrmeister beigegeben wird, vorzüglich scharf auf Füchse sein, damit sie von diesem durch Nachahmung das Würgen der Füchse lernen.

Einige Hunde haben die Gewohnheit, daß sie, anstatt hinter dem Hasen herzulaufen, ihm seitwärts vorzubeugen und ihn zu kehren suchen. So sehr auch unwissende Jäger diese Gewohnheit zu rühmen pflegen, so ist sie doch nichts weniger als ein Vorzug. Sie ist vielmehr größtentheils nur solchen Hunden eigen, die von Natur aus schlecht laufen und die den Abgang der

Schnelligkeit durch andere Mittel zu ersetzen suchen. Unter den Windhunden gibt es auch sogenannte Solofänger und dies sind die geschätztesten und theuersten. Ein solcher Hund muß nämlich den Hasen allein fangen. Man dressirt ihn zu diesem Zwecke auf folgende Weise: Wenn man unter einem Strick Windhunden einen antrifft, der sich durch vorzügliche Geschicklichkeit im Laufen und Fangen auszeichnet, so nimmt man ihn an einem der nächsten Tage allein, reitet mit ihm an eine Stelle, wo das Geläufe vorzüglich gut ist, hetzt anfangs nur auf junge Hasen und ganz nahe, an den folgenden Tagen aber immer weiter, bis auf achtzig Schritte an. Endlich macht man auch den Versuch, den Hund etwa in einer Entfernung von fünfzig Schritten auf einen alten Rammler zu lösen. Nur selten und höchstens dann, wenn einmal oder ein paar Mal fehlgehetzt worden, vereinigt man ihn wieder im Strick mit andern guten und raschen Hunden, allein ja nicht auf lange Zeit. Mehr als zwei Hasen, höchstens drei, wenn ein junger dabei ist, dürfen an einem Tage, auch mit dem besten Solofänger, nicht gehetzt werden.

Wenn der junge Windhund am Hetzstricke gehörig neben dem Jäger, ohne vorauszubrängen oder zurückzubleiben einhergeht, und dem Rufe seines Herrn sogleich Gehorsam leistet, wenn er den aus der Sasse fahrenden Hasen gleich eräuget und ihn bald einholt, ohne sich durch andere während der Hetze aufspringende Hasen irre machen zu lassen, wenn er ihn endlich, nachdem er ihn gefangen hat, nicht zerreißt, sondern bei demselben ruhig wartet, bis der Jäger kommt und ihm den Hasen abnimmt, so kann er vollkommen genannt werden.

Soviel Vergnügen übrigens die Hasenhetze den Besitzern guter Windhunde gewährt, so ist sie doch auch, wenn sie mit Leidenschaft und zur Ungebühr betrieben wird, gerade das nächste Mittel, um ein Revier oft in kurzer Zeit von Hasen zu entblößen. Auf Rehwild zu hetzen ist Sache des „Aasjägers".

Zum Schlusse dieses Abschnittes wollen wir hinwiederum die Namen, welche den Windhunden gewöhnlich beigelegt werden, sowie die bei der Arbeit eines Windhundes vorkommenden waidmännischen Ausdrücke anführen.

Die Namen, welche den Windhunden gewöhnlich beigelegt werden, sind folgende: Pfeil, Rustan, Mylord, Flanqueur für männliche Hunde; Lady, Ella, Juno für weibliche Hunde.

Die bei der Arbeit eines Windhundes vorkommenden waidmännischen Ausdrücke sind folgende:

Ein Windhund, dessen Füße ausgedehnt und breit sind, hat Gänsefüße.

Eine Anzahl von drei Windhunden, die auf ein Wild losgelassen werden, heißt ein Strick Windhunde.

Der Windhund wird eingehetzt.

Er wird strickbändig gemacht, wenn man ihn gewöhnt, sich auf den Zuruf an den Strick nehmen und beim Pferde herführen zu lassen.

Der Riemen, an welchem der Strick befestigt ist, mit welchem ein Strick Windhunde geführt wird, heißt der Hetzriemen.

Der Windhund wird nicht zum Jagen ausgeführt, sondern man reitet mit ihm hetzen.

Wenn drei Windhunde gewählt werden, daß sie zusammen hetzen sollen, so werden sie in einen Strick genommen.

Werden sie gelöset, so wird angehetzt. Das Jagen selbst heißt die Hetze.

Wenn ein junger Hund, der ein paar Mal zu weit angehetzt worden ist, dem Wilde nicht mehr nachsetzen will, so ist er verhetzt.

Verliert er bei einer etwas langen Hetze die Kräfte, so ist er **außer Athem gekommen.**

Wird zu viel und zu oft mit ihm gehetzt, so daß er bei einer etwas langen Hetze außer Athem kommt, so ist er **überhetzt.**

Springt ein Windhund über das gehetzte Wild weg, so **schießt er darüber fort.**

Wenn die beiden äußern Hunde so hetzen, daß das Wild auf keiner Seite entrinnen kann, sondern immer vor dem mittlern Hunde bleiben muß, so **rahmen sie das Wild.**

Wenn ein Windhund das aufgejagte Wild sogleich sieht und es stets in den Augen behält, so **äugt er gut.**

Der Windhund **läuft gut.**

Er **fängt** oder **nimmt,** wenn er das gehetzte Wild ergreift.

Er **reißt,** wenn er das genommene Wild anschneidet.

Ein Windhund, der selbst nicht reißt und auch die andern Hunde daran hindert, heißt ein **Retter.**

Ein Windhund, der den Hasen **allein** fängt, heißt ein **Solofänger.**

Ein Windhund ist **vollkommen** oder **ferm,** wenn er alles das, was man von ihm verlangen kann, zur Zufriedenheit leistet.

Vierter Abschnitt.

Von der Dressur des Hühnerhundes.

Während es bei den im Vorhergehenden behandelten Hunden vorzugsweise auf Anlage und Uebung, weniger aber auf Kultur ankam, ist gerade beim Hühner=

hunde die Dressur die Hauptsache; ein guter Jäger wird selbst einen minder begabten Hühnerhund durch Dressur, wenn auch nicht ausgezeichnet, doch brauchbar machen können, was bei einem schlecht begabten Jagd- oder Windhunde rein unmöglich wäre. Daher ist auch die Dressur des Hühnerhundes die mühsamste und diejenige, die die meiste Erfahrung und Kenntniß voraussetzt. Sie ist aber auch die wichtigste, denn der Hühnerhund spielt in unseren jetzigen wildarmen Zeiten noch die bedeutendste Rolle, indem er jedem Jagdbesitzer, der selbst alle andern Jagdhunde (wir gebrauchen hier das Wort im weitern Sinne) entbehren kann, unentbehrlich ist.

Bewunderungswürdig sind aber auch die Eigenschaften, welche die Natur gerade dem Hühnerhunde verliehen hat. Sollten jemals durch Zufall die übrigen Racen aussterben, so würden wir gezwungen werden, mit der Abrichtung des Hühnerhundes Versuche anzustellen, die wir jetzt bloß deßhalb unterlassen, weil sie nicht nöthig sind, und man würde sich bald überzeugen, daß er alle andern Jagdhunde entbehrlich mache. Die Leistungen selbst der vorzüglichsten dieser Hunde sind nur wenig gegen die Klugheit des Hühnerhundes, gegen die Gewandtheit, mit welcher er sich in alle Funktionen, die ihm aufgetragen werden, zu schicken weiß, gegen den unbedingten Gehorsam, den er, selbst in den schwierigsten Fällen, mit wahrer Selbstverläugnung seinem Herrn leistet. Bei allen übrigen zur Jagd verwendbaren Hunden kann der Gebrauch nur einseitig genannt werden; wie vielseitig dagegen wird der Hühnerhund verwendet! Schweißhund, Bracke, Windhund, dürfen sie wohl mit dem Hühnerhunde verglichen werden? Selbst der Dachshund, der doch meistentheils unter den Augen des Jägers aufwächst, handelt nur zu oft nach seiner Laune und nimmt nicht immer Rücksicht auf das, was man eigentlich von ihm verlangt. Wie hoch aber steht über allen diesen Geschlechtsverwandten der Hühnerhund! In welchem erstaunenswerthen Grade lernt er jeder selbst der reizendsten Versuchung widerstehen, jede Begierde unterdrücken, mit Einem Worte, sich selbst beherrschen!

Wenn wir hoffen dürfen, durch das bisher Gesagte unsere Ueberzeugung, daß dem Hühnerhunde bei dem gegenwärtigen Jagdzustande in den meisten Gegenden Deutschlands vor allen andern Racen der erste Rang gebühre, hinlänglich gerechtfertigt zu haben, so wird es kaum nöthig sein, daß wir uns wegen der größern Ausführlichkeit, mit welcher wir die Lehre von seiner Dressur behandeln, entschuldigen.

Bevor wir aber von der Dressur des Hühnerhundes sprechen, wollen wir noch einiges von den verschiedenen Racen nachholen, und das angeben, was wir von einem guten Hühnerhunde verlangen.

Die Hühnerhundracen unterscheiden sich durch das Aeußere vorzüglich durch Farbe, Haar, Körperbau und Suche. Es gibt einfärbige und gefleckte Racen; die ersteren sind entweder weiß, schwarz oder braun, die letzteren weiß mit braunen, schwarzen oder gelben Flecken. Obwohl die Farbe allein nie über den Werth der Race entscheiden kann, so dürften doch im Allgemeinen die einfarbigen Racen den gefleckten deßhalb vorzuziehen sein, weil diese im Grunde allein unter die reinen unverfälschten Racen zu rechnen sind. Unter den einfarbigen Racen pflegt man nun wieder den schwarzen und braunen in Hinsicht auf Ausdauer und Lebhaftigkeit den weißen Hühnerhunden, die man gemeinhin für weichlich und feige hält, vorzuziehen. Hinsichtlich des Haares hält man die langhaarigen für härter, feuriger und herzhafter als die glatten, dagegen sie aber auch dem Jäger mehr Arbeit und Mühe bei der Dressur machen, sich ihm gern widersetzen und widerspenstig zu bezeigen pflegen.

Ungleich weniger als Farbe und Haar trügt bei der Beurtheilung einer guten Race der Körperbau. Dieser entscheidet nicht nur für die Schönheit, sondern auch für die Tauglichkeit des Hundes. Der Oberkopf nemlich muß stark, etwas länglich, die Stirne breit und wohlgeebnet, das Auge lebhaft, rein und hell, vorliegend, von dunkelbrauner Farbe, die Nase breit, beim Anfühlen nicht trocken, sondern stets feucht, die Nasenlöcher groß und weit geöffnet, der Behang breit und lang herabhangend sein. Der Hühnerhund muß ferner lang und breit vom Leibe, die Lenden dick die Hüften fest und fleischig, die Ruthe lang und von der Wurzel gegen das Ende spitz zulaufend, der Knochenbau stark aber nicht plump, die Brust breit sein; der Hund muß endlich gut genervt, von mittelmäßiger Größe, die Kniee müssen gerade, die Füße dürre, der Hautüberzug dünne und unter diesem die Muskeln sichtbar sein.

Es ist übrigens der Werth und die Tauglichkeit des Hundes nicht immer nach seiner äußern Gestalt zu beurtheilen; Hunde von schlechtem Ansehen sind dessen ungeachtet oft von ausgezeichnetem Werth; jedoch wird jeder erfahrene Jäger, wenn er die Wahl hat, lieber nach einem gut als schlecht gestalteten Hunde greifen.

Die Hühnerhunde mit den angegebenen Kennzeichen gehören zu der deutschen Race. Kleine Augen, schmale Köpfe, lang gekrümmte Ruthen und schlecht geschlossene Klauen sind stets Zeichen einer unreinen Abkunft, mag der Hund lang- oder kurzhaarig sein.

Was endlich die Suche des Hühnerhundes anlangt, so gehört diese unter die angebornen Raceeigenschaften, obwohl nicht geläugnet werden kann, daß ein guter Jäger eine schlechte Suche durch Dressur, wenn nicht ganz, doch theilweise zu verbessern im Stande ist. Man prüft dieses Geschenk der Natur, indem man den jungen Hund vor Beginn der Dressur öfters auf Felder mitnimmt, wo Hasen, Hühner und Lerchen liegen, und ihm hier ganz seinen freien Willen läßt. Sucht derselbe rasch und fleißig, trägt er schon jetzt die Nase gehörig hoch und nimmt mehr den Wind als die Fährte am Boden auf, reviert er bald dahin bald dorthin, zieht das Wild in gehöriger Entfernung an und rennt voll Eifer und Begierde nach, wenn Hasen oder Hühner auffahren, so läßt sich erwarten, daß das mühsame Geschäft der Dressur durch einen glücklichen Erfolg auch belohnt werde. Wenn hingegen der junge Hühnerhund träge sucht, mit tiefgesenkter Nase mehr der Fährte als dem Winde nachzieht, die Nähe eines Wildes weder zeichnet, noch demselben, wenn es aufsteht, begierig nachfolgt, dann ist wenig Hoffnung vorhanden, durch die Dressur einen ganz fermen Hund zu erhalten. Es ist daher nothwendig, daß man den jungen Hühnerhund, bevor man die Dressur beginnt, erst erprobe, um seine Naturanlagen und sein Temperament kennen zu lernen, damit man nicht Zeit und Mühe umsonst verschwende. Es gibt zwar viele Jäger, welche verlangen, daß der junge Hühnerhund vor der Dressur das Feld und seine natürliche Bestimmung gar nicht kennen lerne. Diese Ansicht ist sehr unrichtig, denn wo anders kann man wohl den Hund beobachten, ob er eine gute Nase und schöne Suche habe, als auf dem Felde? Wir haben viele Hühnerhunde dressirt und dabei die Beobachtung gemacht, daß jene, welche vor Beginn der Dressur schon im Felde waren, viel weniger Mühe bei der Dressur verursachten und das, was man von ihnen verlangte, viel schneller begriffen, als diejenigen, welche das Feld noch gar nie kennen gelernt hatten.

Hat man sich nun einen jungen Hund von guter Race verschafft, dessen Naturanlagen und Temperament kennen gelernt und ist derselbe drei Viertel oder ein Jahr alt geworden, so beginnt man mit der Dressur, um ihm das zu lehren, was man von einem „fermen"

Hühnerhunde verlangen muß. — Von einem „fermen" Hühnerhunde fordern wir, daß er: 1) in allen Fällen raschen Appell habe; 2) recht fleißig, flüchtig, mit der Nase hoch, folglich im Winde suche; 3) fest vorstehe, sich öfters abrufen und wieder anbringen lasse, ohne deßhalb hitzig zu werden und einzuspringen; 4) kein herausstreichendes Federwild und keinen Hasen verfolge, außer wenn er dazu aufgefordert wird; 5) daß er auf dem Anstande und bei Treibjagen ruhig liegen bleibe und 6) daß er Alles ohne Unterschied, auch Brod und Fleisch rasch apportire und das Verlorne suche.

Die Dressur selbst zerfällt in die Stubendressur und in die Feldarbeit. Erstere ist gewissermaßen die Theorie, letztere die Praxis. Daß erstere der letzteren vorangehen muß, ist einleuchtend. Zwar gibt es noch immer Jäger, welche die Parforcedressur — und nur von dieser ist hier die Rede — für ganz und gar überflüssig halten. Einem Hunde von guter Race und Anlage kann man, wie sie sagen, Alles im Spielen beibringen. Er leistet so zu sagen Alles von Natur. Wenn unkundige Liebhaber so etwas aus Mangel an Sachkenntniß behaupten, so mag es hingehen; wenn aber selbst Jäger noch hin und wieder dieser Ansicht sind, dann weiß man oft wahrlich nicht, was man denken soll. Der Jagdliebhaber ist gewöhnlich in seinen Forderungen sehr mäßig; wenn ein Hühnerhund feststeht, wenn er apportirt, wenn er nun gar aus dem Wasser holt, so glaubt er, es sei das non plus ultra. Wie die Suche des Hundes beschaffen ist, ob er nicht nach Umständen zu wenig oder zu viel Feld nimmt, wie er sich bei Wind und Fährte beträgt, ob er nicht, wenn er auf der letzteren nachzieht, entweder zu sehr eilt, oder zu weit zurückbleibt, ob er Appell und zwar raschen Appell hat, über alle diese Dinge ist er viel zu wenig belehrt, als daß er den Unterschied, der in dieser Hinsicht zwischen einem

parforce und einem spielend dressirten Hühnerhunde ob=
waltet, nur ahnen könnte. Die Parforcedressur gewährt
folgende höchst wichtige Vortheile:

a) Der parforce dressirte Hühnerhund kann und darf
den Gehorsam nie verweigern, weil ihm die unbedingte
Folgsamkeit für sein ganzes Leben eingeprägt ist.

b) Die Parforcedressur verhindert den Hund, hand=
scheu zu werden, d. h. sich, wenn er einen Fehler ge=
macht hat, der verdienten Strafe zu entziehen, während
der spielend unterrichtete, einmal furchtsam gemacht,
sich nur zu gern seiner Unabhängigkeit bedient und nicht
selten lieber nach Hause eilt, als sich strafen läßt.

c) Sie lehrt ihn das erlegte Federwild leise und
schonend aufnehmen; zugleich lernt er aber auch jene
Thiere, die einen höchst widerlichen Geruch haben, auf
Befehl seines Herrn, wenn auch mit sichtbarem Wider=
willen, dennoch schnell, selbst aus dem kältesten Wasser
beibringen, während der nur spielend dressirte, in der=
gleichen Fällen allen Gehorsam versagend, das, was ihm
zuwider ist, liegen läßt und nur solches Wild herbeiholt,
welches seiner Neigung entspricht, dabei auch nicht selten
in das entgegengesetzte Extrem verfallend, kleinere Vögel
durch sein heftiges Zugreifen quetscht und verdirbt, ja
wohl gar verschlingt.

d) Nur durch die Parforcedressur kann man den
jungen Hühnerhund hasenrein machen, ihn dahin
bringen, daß er sich beim Vorstehen abrufen läßt, mit
einem Worte, ihn in allen Zweigen seines Berufes voll=
kommen machen.

Wir werden nun zuerst von der Stubendressur, dann
von der Feldarbeit sprechen und endlich noch einige all=
gemeine Regeln für die Behandlung eines jungen Hühner=
hundes angeben.

Die Stuben-Dressur.

Diese nimmt man entweder im Februar und März oder im Juli und August vor. Doch scheint uns die im Juli und August in so fern zweckmäßiger, als der Hund dann nach vollendeter Stubendressur sogleich im Felde gearbeitet und zur Jagd gebraucht werden kann.

Nachdem der junge Hühnerhund in einem reinlichen Stalle an der Kette mehrere Tage in größter Abgeschiedenheit zugebracht hat und während dieser Zeit vom Dresseur selbst mit dem nöthigen Futter versehen worden ist, nimmt man ihn eines Morgens an die Dressirleine. Diese Leine hat die Dicke einer Federpose und ist während der Stubendressur nur vier bis fünf Ellen lang. An dem einen Ende derselben wird ein zwei Zoll langes Oehr angebracht, und dann werden in der Entfernung von drei Zoll $3/4$ Zoll dicke, hölzerne Kugeln befestigt und zwar so viele, daß, wenn man das andere Ende der Leine durch das Oehr zieht und das Oehr vor die letzte Kugel bringt, alsdann ein etwas zu enges Halsband für den Hund entsteht. Ob man diese Kugeln mit eisernen Stacheln versehen soll oder nicht, hängt von der Gemüthsart des Hundes ab; wir rathen übrigens davon ab, weil nur zu leicht durch diese Stacheln das Gehör des Hundes verletzt werden kann. Man wird selbst den halsstarrigsten und widerspenstigsten Hund vermittelst der Kugeln ohne Stacheln und der Dressirpeitsche zum Gehorsam bringen können. Hat man dem Hunde die Dressirleine umgelegt, so zieht man ihn unter dem Zuspruche: Hierher! oder Ici! wobei man ihn beim Namen nennt, anfangs gelinde zu sich heran. Man entfernt sich hierauf und wiederholt den Zuruf. Kommt er, so liebkost man ihn unter dem freundlichen Zuspruche: So recht, mein Hund! dagegen man, wenn er stehen bleibt, ihn mit der Leine unter dem wiederholten Zuruf:

Hierher oder Ici! gelinder oder stärker, je nachdem er folgt, an sich zieht. Man wiederhole dies einige Mal, damit der Hund nur erst einigermassen die Leine gewohnt werde und vorläufig einen Theil ihrer Wirkung kennen lerne. Sollte derselbe Miene machen, sich zu widersetzen, so steckt man das eine Ende der Dressirleine durch einen im Boden eingeschlagenen Ring, zieht den Hund nieder, daß er sich nicht mit dem Kopfe bewegen kann, ergreift die Dressirpeitsche und züchtigt ihn mit derselben dergestalt, daß ihm für die Zukunft aller Appetit zur Widersetzlichkeit vergeht. Diese erste Lektion dauere nicht länger als zehn bis fünfzehn Minuten. Ueberhaupt darf der Unterricht nie bis zur Ermüdung des Hundes fortgesetzt werden, damit der ohnehin sehr dünne Faden der Geduld nicht reißt, welcher nur schwer wieder anzuknüpfen ist. Man verkürze den Unterricht, wenn der Hund seine Sache gut macht, verlängere ihn dagegen, wenn er sich unfolgsam zeigt.

Am Nachmittage oder gegen Abend wird der Unterricht fortgesetzt. Die erste Lektion wird wiederholt, wie überhaupt in jeder folgenden das Vorausgegangene wiederholt werden muß, ehe man weiter geht. Stößt man hierbei auf keine Schwierigkeiten, kommt der Hund auf den ersten Ruf sogleich herbei, so schreitet man zur zweiten Lektion. Man läßt den Hund unter dem Zurufe: Zurück! oder derrière! hinter sich auf der linken Seite gehen, führt ihn dann, ziemlich kurz gefaßt und pfeifend oder trällernd nach allen Seiten in dem Zimmer umher und so oft eine Wendung vorfällt, ruft man: Herum! Gehorcht der Hund dem Rufe und Pfiffe jedesmal, wendet er sich auf das Wort: Daher! rechts, auf das Wort: Dahin! links, so belobt man ihn; sollte er aber nicht folgen, so wird er jedesmal durch einige Rucke mit der Leine bestraft. Diese beiden Uebungsstücke kann man dann, wenn man mit dem

Hunde spazieren geht, auch im Freien wiederholen und zwar anfangs mit, später ohne Leine und ihn zuletzt dahin bringen, daß er auf den ersten Ruf oder Pfiff sogleich herbeikommt und auf das Wort: Zurück! seinen Platz auf der linken Seite des Jägers einnimmt. Nur auf diese Weise wird ihm unverbrüchlicher Gehorsam in allen Fällen beigebracht werden können. Man übereile sich ja nicht bei diesen Uebungsstücken, sondern gehe erst dann zu einem andern über, wenn der Hund den Gegenstand völlig begriffen und in der Anwendung gleichsam eine mechanische Fertigkeit erlangt hat. Der Hund vergißt sonst leicht das wieder, was er gelernt hat, und man muß von Neuem Zeit und Mühe anwenden und nicht selten von vorn anfangen, wenn man schon am Ziele zu sein glaubt.

Wenn der Hund alles Vorhergehende willig leistet, so schreitet man zu der Lektion des Apportirens in Verbindung mit dem Coucher oder Haltmachen! Einige Jäger bringen dem Hunde das „Coucher" erst dann bei, wenn er apportiren gelernt hat und sind der Ansicht, daß durch das „Halt machen" den Hunden ein Widerwille gegen den Apportirbock beigebracht und dadurch das Aufnehmen erschwert werde; auch entspränge daraus der Nachtheil, daß der Hund beim Apportiren zaudern lerne und nicht rasch auftrage. Wir können aus eigener Erfahrung dieser Ansicht nicht beistimmen, sondern glauben, daß die Verbindung des „Halt machen" mit dem Apportiren die Stubendressur in eben dem Maße verkürzt, als es die Feldarbeit später erleichtert. Der Hund lernt nämlich den Zuruf: Couche! wie: Sachte! gleich anfangs kennen und es kostet bei der Feldarbeit weniger Mühe, ihm begreiflich zu machen, was er zu thun hat.

Um dem jungen Hühnerhunde das Couchen beizubringen, zieht man ihn an sich heran, drückt ihn, indem

man eine Hand auf seinen Kopf, die andere auf seinen
Rücken legt, unter dem Zuruf: Couche! oder Halt!
gegen den Boden und zwar so, daß er auf den Bauch
zu liegen kommt, der Kopf aber zwischen den Vorderfüßen
ruhend, gegen den Apportirbock, den man einige Schritte
vor ihm hingelegt hat, gekehrt ist. Der Apportirbock
ist ein rundes, etwa zwölf Zoll langes und ein Zoll dickes
Holz, das man, um das Gebiß des Hundes zu schonen,
mit Stroh oder Leder umwickelt und an dessen beiden
Enden man ein Kreuzholz befestigt, damit der Hund den
Apportirbock, er mag geworfen werden, wie man will,
desto bequemer aufnehmen kann.

Man sucht nun den Hund in der erwähnten Stell=
ung unter dem beständigen, in einem warnenden Tone
ausgesprochenen Zuruf: Couche! oder Halt! und
unter Bedrohung, wenn er sie verändern will, einige
Augenblicke zu erhalten; sollte er ungeduldig werden, so
wird er unter dem wiederholten Zuruf: Couche! oder
Halt! kräftig niedergedrückt und durch einige Hiebe auf
das Vordertheil zur Ruhe gebracht. Hierauf zieht man
ihn unter dem Zurufe: Avance! oder Weiter! einige
Schritte kriechend vorwärts, läßt ihn wieder einige Se=
cunden couchen und dann wieder avanciren. Dies wieder=
holt man so oft, bis der Hund auf den Zuruf: Couche!
oder Halt! die vorhin beschriebene Lage sogleich von
selbst einnimmt und auf den Zuruf: Avance! halb
gehend halb kriechend auf den Apportirbock zu avancirt.

Ist er dicht vor dem Apportirbock, so läßt man ihn
noch einmal einige Augenblicke couchen, ergreift dann
mit der linken Hand den Apportirbock, hält mit der rech=
ten den Kopf des Hundes und stemmt zu gleicher Zeit
den Daumen der rechten Hand gegen das Genick des
Hundes. Man schiebt nun den Apportirbock dem Hunde
dicht vor das Maul und reibt ihm unter dem Zurufe:
Faß! indem man ihm zu gleicher Zeit mit dem gegen

das Genick gestemmten Daumen einen nach Umständen stärkern oder schwächern Druck gibt, erst sanft, dann stärker die Zähne, bis der Hund das Maul zu öffnen genöthigt ist. Thut er dies, so liebkost man ihn unter dem freundlichen Zuspruche: So Recht! schiebt den Apportirbock hinter die Fangzähne und hält unter dem Zuruf: Halt! die beiden Kiefer sanft zusammen, damit der Hund den Apportirbock nicht fallen lasse. Der Zuruf: Halt! wird nach Umständen warnend oder bedrohend wiederholt.

Man zieht hierauf den Hund, wenn er den Apportirbock einige Sekunden gehalten hat, mit der Leine unter dem Zurufe: Apporte! in die Höhe, daß er aufstehen muß, geht einige Schritte zurück und läßt sich den Apportirbock nachtragen. Will man nun, daß der Hund das, was er bringt, in sitzender Stellung abgebe, so drückt man das Hintertheil des Hundes unter dem Zuruf: Sitz! nieder, erhält ihn in dieser Stellung einige Augenblicke und nimmt ihm dann den Apportirbock unter dem Zuruf: Laß! ab. Soll aber der Hund das, was er bringt in aufgerichteter Stellung abgeben, so tritt man hinter den Hund und zieht ihn, den Rücken gegen den Jäger gewandt, unter dem Zurufe: Adroit! oder Hoch! in die Höhe, so daß er auf den Hinterfüßen aufrecht steht und verfährt nächstdem ebenfalls wie vorher. Uns scheint jedoch die erstere Methode die leichtere und zweckmäßigere.

Man wiederhole dieses Uebungsstück des Apportirens so oft sowohl mit als ohne Leine, bis der Hund den Apportirbock fertig und rasch und ohne alle Hilfe gleich auf den ersten Zuruf aufnimmt, ihn soweit nachträgt, als man will und auf den Zuruf: Laß! sogleich ausgibt.

Auf diese Art behandelt lernen die meisten jungen Hühnerhunde schon in den ersten acht Tagen, ja oft noch viel früher, aufnehmen. Je gelassener, ruhiger und kaltblütiger der Lehrer dabei zu Werke geht, desto schneller erreicht er seinen Zweck. Sollte übrigens ein Hund, als seltene Ausnahme, so halsstarrig und widerspenstig sein, daß er, trotz aller Geduld und angewandten Mühe, durchaus keinen Willen zeigen würde, den Rachen zu öffnen und das Dressirholz aufzunehmen, so werden kurzes Anhängen und Zwang durch Hunger und Durst zum Ziele führen. Der Hund wird dann mittelst einer Kette auf dem Abrichtungsplatze selbst so kurz angehängt, daß er sich nicht legen kann, worauf man ihn allein läßt. Nach einigen Stunden macht man den Versuch, ob er sich jetzt williger bezeigt, indem man ihm den Apportirbock ohne weitere Ansprache vorhält. Gibt jetzt der Hund nach und ergreift denselben, so muß er ihn bis an seinen Stall tragen, wo man ihn einige Zeit einsperrt und dann füttert. Versagt er aber wieder den Gehorsam, so entfernt man sich nochmals, bis der Hund durch Hunger, Durst und seine unbequeme Lage gezwungen endlich gehorcht. Sollte diese Weigerung länger als einen Tag dauern, so muß man es sich zur Regel machen, daß, je länger der Hund ohne Nahrung zugebracht hat, um so kleiner die erste Portion Futters sein muß, die er bekommt; immer aber muß ihm vorher erst Wasser gegeben werden.

Wenn der Hund den Apportirbock ferm apportirt, so nimmt man die Kreuzhölzer davon weg und läßt blos das Mittelholz apportiren, weil dies beschwerlicher ist. Nimmt der Hund das Holz auf, so lasse man einen Handschuh, ein Schnupftuch, Eisen, Geld, ein rohes Ei, hartes Brod u. s. w. apportiren. Man verfährt hiebei ebenso wie beim Aufnehmen des Dressirholzes. Man läßt nämlich den Hund vor diesen Gegenständen einige Zeit couchen, ihn dann avanciren, hierauf wieder couchen und dann erst apportiren. Sobald er beim Avanciren eilt, was gewöhnlich nach einiger Zeit zu geschehen pflegt, wird er unter dem Zuruf: Sachte! durch einige Rucke mit der Leine bestraft, welches, wie man in der Folge sehen wird, bei der Feldarbeit seinen großen Nutzen hat.

Bringt er Alles willig, so muß er nun auch gewöhnt werden, Hasen zu tragen. Man stopft nämlich einen Hasenbalg mit Heu aus und schnürt ihn in der Mitte des Leibes um die Hälfte enger, als hinten und vorne zusammen, um dem Hunde begreiflich zu machen, daß er ihn nur an dieser Stelle, nemlich in der Mitte ergreifen solle. Durch diese Vorkehrung gewöhnt er sich sehr bald daran, alle Gegenstände, die er herbeibringen soll, genau in der Mitte zu fassen, was ihm für das spätere Tragen schwerer Hasen und Füchse einen wesentlichen Vortheil gewährt; denn es ist eine bekannte Erfahrung, daß selbst der größte und stärkste Hund, wenn ihm diese Geschicklichkeit mangelt, langsamer vorwärts kommt, als ein viel kleinerer und schwächerer, der aber Alles, was er apportiren soll, an der rechten Stelle zu fassen, mithin im vollkommenen Gleichgewichte zu tragen versteht.

Vor diesem ausgestopften Hasenbalg nun läßt man den Hund in der vorgeschriebenen Weise couchen und dann apportiren. Damit aber der Hund sich künftig auch abrufen lasse, wenn er vor Hasen, Rebhühnern ꝛc. steht, legt man den Hasenbalg etwas weit von ihm, läßt ihn couchen und unter dem Zurufe: Avance! bis dicht an den Hasen rücken, pfeift ihn aber dann ab. Der Pfiff muß jedoch ebenso scharf und gellend sein, wie man ihn nachher bei der Jagdausübung und namentlich bei der Verfolgung eines Hasen anzuwenden gedenkt. Nachdem man auf diese Weise den Hund einige Mal in der Geduld geübt hat, läßt man endlich den Hasenbalg apportiren.

Den Beschluß macht das Apportiren von frischgeschossenem Raubzeug, denn dieses nimmt der Hund, weil ihm die Witterung zuwider ist, ungern auf. Sobald er das eine oder das andere aufzutragen verweigert, fange man wieder von vorne an und strafe durch Rucke mit der Dressirleine oder nach Umständen mit der Peitsche. Ueberhaupt trägt die wohlüberdachte, dem Grade des Vergehens genau angemessene Strafe das Meiste zur früheren Vervollkommnung des Lehrlings bei.

Wenn der junge Hühnerhund auf Ruf oder Pfiff sogleich herbeikommt, auf den Zuruf: Zurück! oder derrière! auf der linken Seite neben dem Jäger einhergeht, dem Rufe: Couchè! und Avance! Folge leistet, jeden Gegenstand rasch apportirt, so versucht man, ob er die ganze Schule auch im Freien und ohne Leine mache. Geschieht dies, so ist die Stubendressur beendigt, zu welcher ein gelehriger und nicht allzu harter Hund etwa zwei bis drei Wochen braucht.

Manche unserer Leser werden uns vielleicht den Vorwurf machen, daß wir uns zu lange bei diesem Thema aufgehalten haben, allein wer Hühnerhunde selbst dressirt hat, wird mit uns die Ueberzeugung theilen, daß die Stubendressur die Hauptsache ist, wie bei einem Gebäude ein guter Grund, denn nur im eingeschlossenen Raume hat man den Hund ganz in seiner Gewalt, kann ihn, wie man wünscht, ausbilden und ihn zum blinden Gehorsam gewöhnen, und, ist erst dieser gleichsam zur andern Natur geworden, dann läßt sich das Gelernte leicht in Ausübung bringen.

Die Feldarbeit.

Nach vollendeter Stubendressur beginnt unmittelbar die Feldarbeit, welche bei weitem schwieriger ist, weil sie nicht nur praktische Jagdkenntnisse und Fertigkeit im Schießen von Seiten des Jägers erfordert, sondern auch weil man den Hund im Freien weniger in seiner Gewalt hat. Wenn bei der Stubendressur der Jäger es versteht, dem Hunde Alles recht begreiflich zu machen, mit eiserner Geduld jede Manipulation öfters wiederholt und mit unerschütterlicher Ruhe seinen Zweck verfolgt, so darf er nicht zweifeln, das vorgesteckte Ziel zu erreichen. Ganz anders aber verhält es sich, wenn der Jäger die Ausbildung des Lehrlings vollenden d. h. ihn zur Feld-, Wald- und Wasserjagd geschickt machen und ihm den höchstmöglichen Grad von Brauchbarkeit geben will. Beharrlichkeit, Geduld und Ausdauer sind zwar hier ebenso unentbehrlich, allein man muß außerdem noch kalt, besonnen, schnell entschlossen und Herr seiner Leidenschaften sein. Es gehört wirklich viel Nachdenken, Erfahrung und Behutsamkeit dazu, einen jungen, feurigen Hund in den verschiedenen oft sehr schwierigen Fällen, die sich bei der Führung im Freien ereignen, stets richtig zu behandeln.

In der ersten Zeit seiner neuen Bestimmung führt man den jungen Hühnerhund an der Leine fleißig auf flache Felder, wo es viele Hasen gibt. Schon bei der Stubendressur wurde der Hund angeleitet, auf den Zuruf: Zurück! oder derrière! auf der linken Seite neben dem Jäger herzugehen. Man sehe darauf, daß er dies auch jetzt thue. Wenn ein Hase, zumal dicht vor seinen Augen, aufsteht, so wird er jedenfalls vorfahren und zwar, wenn er heftigen Temperamentes ist, anfangs so stark, daß man Mühe hat, ihn zu halten. Beim ersten Vorfalle dieser Art zieht man ihn unter dem Zurufe: Pfui Hase! mit einem starken Rucke an der Dressirleine blos zurück; im Wiederholungsfalle aber begleitet man diesen Ruck mit einem tüchtigen Peitschenhieb. So behandelt, wird der junge Hund bald die Hasen vor sich aufstehen sehen, ohne an der Leine zu ziehen. Er ist übrigens dann noch nicht hasenrein; später, wenn er unangeleint ist, wird öfters der Fall vorkommen, daß er den Hasen nachjagt. Es ist überhaupt sehr schwer, den Hund vollkommen hasenrein zu machen, da derselbe von Natur aus den Hasen verfolgt; es muß also gewissermassen der Natur Gewalt angethan werden. Man hat uns einmal als probates Mittel gegen das leidenschaftliche Hasenjagen empfohlen, daß man, um einen Hund von diesem Fehler zu heilen, ihn nur im Winter auf ein hartgefrorenes Sturzackerfeld führen und ihn dort sich vollkommen austoben lassen dürfe. Wir haben es versucht und gefunden, daß es nichts nützt. Der Hund wird nemlich allerdings nach öfterem Hasenjagen den später aufstehenden Hasen nicht mehr nachlaufen, allein warum? Aus Müdigkeit und Unlust, weil er auf den spitzigen Erdschollen sich die Ballen wund gelaufen hat. Wenn er aber einige Tage ausgeruht hat, wird er gewiß wieder in sein altes Laster verfallen.

Je schlechter der Hasenstand ist, desto schwieriger ist es, dem Hunde das Hasenjagen abzugewöhnen. Wir sind bei der Dressur unserer Hunde auf folgende Weise verfahren. Wir haben den Hund immer an Plätze geführt, wo wir an einem Nachmittage oft 15—20 Hasen antrafen und haben nie nach einem Hasen geschossen, den Hund aber jedesmal, sobald er einen Hasen zu verfolgen Miene machte (denn wir hatten ihn an der Leine), tüchtig mit der Peitsche abgestraft. Hierauf ließen wir ihn ohne Leine revieren und machten es ebenso. Der Hund, welcher keinen Erfolg seines Verfolgens der Hasen sah und überdies oft Strafe erhielt, ließ ab und war gewöhnlich in vierzehn Tagen vollkommen hasenrein. Erst dann, als er keinen Hasen mehr verfolgte, schossen wir solche. In manchen Fällen, wenn der Hund das Hasenjagen durchaus nicht lassen will, hilft oft ein Schuß Vogeldunst, in der Entfernung von dreißig Schritten auf die Keulen angebracht; der Hund muß aber, wenn er zurückkommt, ungeachtet der durch den Schrotschuß verursachten Schmerzen, mit der Peitsche gehörig abge=

straft werden, wobei man ihm die Pfeife hören läßt. Wir haben übrigens auch schon Hunde gesehen, welche in dem Momente als sie vom Schusse getroffen wurden, laut aufschrieen, dessenungeachtet aber dem Hasen weiter nachjagten. Abgesehen nun davon, daß dieses Mittel nicht immer hilft, bleibt es immerhin auch gefährlich, weil oft ein oder das andere Schrot einen edlen Theil treffen kann.

Um bei dem jungen Hühnerhunde die so höchst unangenehme Schußhitze schon in ihrer ersten Entstehung zu unterdrücken, verfährt man auf folgende Weise. Anfangs läßt man Jemanden in der Ferne, dann immer näher schießen, besonders Vögel oder Jagdthiere, welche der Hund fallen sieht, wodurch also seine Begierde heftig gereizt wird. Jedes starke Zucken an der Leine wird bestraft, bis man keine Veranlassung mehr zur Correktion findet. Zuletzt schieße man selbst und, wenn er auch da ruhig bleibt, dann erst lasse man ihn von der Leine herunter und setze diese Prüfungen seiner Gelassenheit so lange fort, bis er das Wild fallen, flattern und zappeln sieht, ohne vorzufahren. Dies wird nun freilich nicht so schnell gehen, aber gehen wird es und zwar früher oder später, je nachdem der Hund weich und gelehrig oder heftigen und unbiegsamen Temperamentes ist. Ein guter Hund darf eben nie nach dem Schusse laufen, sondern erst dann, wenn er den Zuruf: Apporte! hört. Wenn nun der junge Hund so weit gebracht ist, daß er sowohl beim Erblicken des Wildes als beim Schusse ruhig und gelassen bleibt, dann fange man an, ihm eine richtige Suche beizubringen.

Man legt ihm nemlich die bis zu zwanzig Ellen verlängerte Dressirleine um, ergreift die Dressirpeitsche und zieht hinaus auf ein Feld, wo zwar Hühner und Hasen liegen, aber nicht in großer Menge sich vorfinden. Mit dem freundlichen Zuspruche: Allons cherchez!

oder Such, such! muntert man ihn unter dem Winde
zum Suchen auf. Anfangs wird der junge Hund, wenn
er vor Beginn der festen Dressur noch nicht häufig oder
vielleicht gar nicht im Felde war, noch nicht recht wissen,
wie und was er suchen soll; sobald jedoch derselbe die
Witterung von dem Wilde in die Nase bekommt oder
solches aufstößt, wird der Eifer gewiß nicht ausbleiben.
Aus diesem Grunde muß man dem Hunde anfangs Zeit
lassen und denselben nicht zu sehr anfeuern; die Liebe
zur Jagd wird oft genug stärker als man wünscht, sich
einstellen und man hat dann viele Mühe die übermäßige
Hitze zu dämpfen. Sucht der Hund nur immer gerade
aus — und dies taugt deßhalb nichts, weil er dann nur
immer das Wildpret, das gerade vor ihm sitzt oder liegt,
in die Nase bekommt, zur Seite aber Alles liegen läßt
und vorbeigeht — so muß man ihm diesen Fehler, der
größtentheils ein Racefehler ist, dadurch abzugewöhnen
suchen, daß man sich bald rechts, bald links wendet und
bei jeder Wendung den Hund unter dem Zuruf: Herum!
ebenfalls eine andere Wendung zu nehmen nöthigt. Fer=
ner achte man darauf, daß der Hund anfangs, ehe man
sich auf ihn verlassen kann, nicht zu viel Feld nehme,
d. h. daß er sich nicht weiter vom Jäger entferne, als
dieser das Wildpret, das etwa vor dem Hunde aufstößt,
mit der Flinte zu erreichen im Stande ist. Sobald er
daher die gewöhnliche Distance von 40—50 Schritten
überschreitet, ruft der Jäger Herum! bei dem zweiten
Fehler aber: Sachte! und straft den Hund, je nachdem
er folgt, durch mehrmaliges Rucken mit der Leine. Spä=
ter, wenn der Hund fest vorsteht, kann man ihm unbe=
denklich mehr Raum lassen; wir ziehen sogar solche Hunde,
welche weit hinaus suchen, vorausgesetzt, daß sie fest vor=
stehen, denjenigen, welche in der Nähe suchen, vor und
zwar deßhalb, weil jene mehr und schneller finden. Es
gibt Jagdliebhaber, welche 15—20 Schritte als das

Maximum der Entfernung betrachten, in welcher ein Vorstehhund suchen dürfe; manche verlangen sogar, daß er ganz langsam vor ihnen hertrolle und nennen dies mit vollem Rechte „den Hund unter der Flinte halten." Im Anfange der Hühnerjagd und in Gegenden, wo es eine große Menge von Hühnern gibt, mag sich eine solche Art zu suchen wohl rechtfertigen lassen, in der spätern Zeit aber wird man mit solchen Hunden wenig ausrichten. Wird der junge Hund, wenn er Wild wittert, allzu hitzig, so rufe man ihn ab, lasse ihn einige Zeit unter dem Zurufe: derrière oder Zurück! hinter sich hergehen und erst dann, wenn die Hitze verraucht ist, muntere man ihn wieder zum Suchen auf. Sucht er träge, so bedient man sich des Zurufs: Brr! hall, hall, hall! Nur hüte man sich dem Hunde während der Suche immer zuzupfeifen und zuzusprechen; er wird sonst gegen den Zuspruch gleichgültig und kehrt sich am Ende gar nicht mehr daran. Ueberhaupt schreie man nicht zu sehr, sondern bediene sich, um den Hund zurückzurufen, einer von Knochen oder Holz gedrechselten Pfeife.

Manche Hunde haben den großen Fehler, mit tiefgesenkter Nase weniger im Winde zu suchen, als vielmehr der Witterung der Fährte zu folgen. Es ist dies ein Racefehler und alle dagegen angepriesenen Mittel, wie der Storchschnabel, das häufige Suchen im hohen Spitzgrase helfen Nichts; man wird zwar allenfalls den Hund dahin bringen, daß er die Nase hoch trägt, nie aber wird man die Nase selbst verbessern können und doch liegt der Grund der niedrigen Suche in der schlechten Nase.

Wir kommen nun zu dem Vorstehen. Es gibt Hunde, die schon in der frühesten Jugend sehr viel Anlage und guten Willen zum Vorstehen zeigen, indem sie, blos von ihrem Instinkte geleitet, sich vorsichtig und auf dem Bauche kriechend dem durch ihre Nase entdeckten Wilde nähern. Wir haben selbst einmal zwei junge englische Pointers gehabt, welche im Alter von acht Wochen vor den Tauben und zahmen Hühnern im Hofe vorstanden und zwar einer hinter dem andern, wie es nur alte Hunde auf der Jagd thun. Andere dagegen geben, wenn sie etwas in die Nase bekommen, dies blos durch stärkere Bewegung der Ruthe und fleißigeres Suchen zu erkennen; noch andere eilen in voller Begierde dem Orte zu, wo sie das Wild vermuthen und stoßen dasselbe heraus.

Hierauf kommt jedoch bei Weitem nicht so viel an, als manche Jagdliebhaber glauben. Bei einer zweckmäßigen Behandlung lernt der rasche, feurige junge Hühnerhund, wenn er nur eine gute Nase hat, bald ebenso gut vorstehen und aushalten, als der, welchem eine gewisse Behutsamkeit schon angeboren ist. Wir ziehen sogar das Stehen aus Gehorsam in gewissem Betrachte jenem aus natürlichem Antriebe noch vor.

Um nun den Hund im festen Vorstehen zu üben, sucht man mit ihm solche Plätze auf, wo man sicher ist, ihn an Feldhühner bringen zu können. Man läßt ihn unter Wind suchen und ruft ihm, sobald man an dem Benehmen des Hundes gewahr wird, daß er die Hühner in die Nase bekommt, sachte! sachte! hab Acht! zu, damit er nicht in Hitze gerade. Sobald er eilt, wird er durch Rucke mit der Leine bestraft. Sobald man glaubt, den Hühnern nahe gekommen zu sein, was man ebenfalls an dem Benehmen des Hundes gewahr wird, läßt man diesen couchen; bleibt er ganz ruhig liegen, dann läßt man die Leine leise fallen und umgeht ihn mehrmals, den Zuspruch: Couche! mein Hund, hab Acht! dabei wiederholend. So muß er liegen bleiben und seinem Herrn, der unterdessen in größeren Kreisen um ihn herum geht, bloß mit den Augen folgen; jeder Ungehorsam wird durch Rucken mit der Leine und, wenn dies nicht genügen sollte, durch Peitschenhiebe bestraft. Hierauf läßt man ihn avanciren; steht er nun

feſt vor, ſo lobt man ihn mit Streicheln und freund=
lichen Worten und ſucht, wenn man die Hühner erblickt,
einen ſichern Schuß auf dem Boden anzubringen. Manche
Jäger halten dieſes Schießen vor dem Hunde für das
beſte und einzige Mittel, ihn ganz vorſtändig zu machen;
gut iſt es allerdings, allein wir können aus eigener
Erfahrung verſichern, daß man deſſen auch entbehren und
dennoch ſeine Abſicht vollkommen erreichen kann.

Sollte der Hund anſtatt vorzuſtehen einſpringen
und dem aufſtoßenden Wilde nachprellen wollen, ſo
führt man ihn an das Lager des Wildes, ſtraft ihn durch
Rucke mit der Leine und laſſe ihn ſo lange couchen, bis
man das Lager unter dem warnenden Zuſpruche:
Couche! mein Hund, hab Acht! einige Mal um=
kreiſet hat. Man hüte ſich aber in dieſem Falle nach
dem vom Hunde vorſätzlich aufgeſtoßenen Wilde zu ſchießen.
Dieſer Fehler, das Schießen nemlich in dem Augenblicke,
wo der Hund nicht das Vergnügen zu apportiren, ſon=
dern vielmehr eine derbe Züchtigung verdiente, wird nur
zu oft nicht nur von Dilletanten, ſondern auch von
Jägern vom Fache begangen. Wie nachtheilig dies iſt,
zeigen die Folgen. Der Hund bringt das geſchoſſene
Wild und glaubt nun ſeine Sache recht gut gemacht zu
haben und man kann ihn auch nicht ſtrafen, weil er nicht
weiß, warum er geſtraft wird. Den vorher begangenen
Fehler läßt man alſo ohne entſprechende Züchtigung
hingehen und der Hund wird bei Gelegenheit ihn wieder
begehen.

In der Folge ruft man den jungen Hühnerhund,
während er vorſteht, öfters ab, und bringt ihn wieder
an, um ihn in der Geduld zu üben. Erſt, wenn man
ihn darin erprobt hat, thut man das Wild auf oder
läßt ihn unter dem Zurufe: Faß! einſpringen. Es
ſcheint uns jedoch zweckmäßiger, den Hund unter dem
Zurufe: Avance! näher heranziehen zu laſſen und

dann das Wild selbst aufzustoßen, denn einmal stößt es mit minderer Schnelligkeit auf und ist leichter zu schießen und dann wird der Hund zu größerer Ruhe gewöhnt und nicht so leicht zum Nachprellen veranlaßt.

Es gibt viele Dilettanten und selbst Jäger, welche auf das Abgehen des vorstehenden Hundes wenig oder gar keinen Werth legen, und doch ist es von großer Wichtigkeit, was wir im Nachfolgenden beweisen werden:

a) Der Hund wird, da es seinem Naturtrieb ganz entgegen ist, das angetroffene Wild zu verlassen, durch oftmaliges Abrufen an einen unbedingten Gehorsam gewöhnt, der auch zugleich viel dazu beiträgt, die bekanntlich sehr große Schwierigkeit besiegen zu helfen, ihn schon in der Jugend vom Hasenjagen abzubringen.

b) Er lernt dadurch, daß er nach geschehener Abrufung angewiesen wird, langsam und vorsichtig sich der Stelle wieder zu nähern, wo er vom Wilde abgegangen war, mit einer gewissen Bedachtsamkeit und Ruhe zu Werke zu gehen, welche für den Jagdbetrieb, insbesondere für den auf Feldhühner, von großer Wichtigkeit sind.

c) Sehr oft kommt es vor, daß der Hund auf Spaziergängen in fremden Revieren u. dgl. Wild in die Nase bekommt, dieses aufsucht und vorsteht. Wie unangenehm aber ist es in solchen Fällen für den Herrn, wenn der Hund nicht sogleich auf den ersten Pfiff vom Vorstehen abgeht!

d) Durch das Abrufen während des Vorstehens wird endlich die Leidenschaft des Hundes bezähmt, er lernt sich beherrschen und gewöhnt sich schon in gehöriger Entfernung dem Jäger das Wild anzuzeigen, was immer ein großer Vorzug bleibt und durchaus unentbehrlich ist, um auch auf kahlen Feldern in der spätern Jahreszeit noch bedeutende Hühnerjagden zu machen. Denn nur, wenn der Hund weit vorsteht, halten sie dann noch aus, nicht aber, wenn er, wie im August und Septem=

ber, bis auf wenige Schritte an sie hinanrückt. Er lernt dann auch, wenn die Hühner wild und eingeschüchtert vor ihm laufen, langsam nachziehen; es gibt Hühnerhunde, welche in diesem Falle den Hühnern gar nicht nachziehen, sondern sie erst im weiten Bogen, dann immer enger umkreisen und sie dadurch fest machen; es liegt jedoch diese nicht hoch genug zu schätzende Eigenschaft in der Race und kann nie durch Dressur beigebracht werden.

Wenn der junge Hund an der Leine gehörig sucht, fest vorsteht, sich öfters abrufen und wieder anbringen läßt, ohne hitzig zu werden und gegen das Wild ziemlich gleichgültig geworden ist, dann läßt man ihn ohne Leine revieren. Es werden dann allerdings unzählige Fälle wieder eintreten, wo Bestrafung nöthig ist; der denkende Dresseur wird sich jedoch nach den vorhergegangenen Regeln stets zu helfen wissen.

Wenn der junge Hund während der Suche Lerchen oder andere kleine Vögel anzieht und sogar vor ihnen steht, so sucht man ihm diesen Fehler mit dem Zurufe: Pfui Vogel! und angemessener Bestrafung abzugewöhnen.

Bei der Suche nach Hasen wird im Wesentlichen geradeso verfahren wie bei der Hühnersuche; nur darf man hier den Hund nicht so weit hinaussuchen lassen, indem die Hasen nicht so lange aushalten, wie die Feldhühner.

Wenn man im Walde sucht, muß man insbesondere darauf sehen, daß der Hund kurz suche und daß ihn der Jäger, wenn das abzusuchende Terrain nicht gar zu dicht verwachsen ist, fast immer im Auge habe. Man gewöhnt den jungen Hund dadurch an eine kurze Suche im Gesträuche, daß man anfangs immer, so oft er sich rechts oder links wendet, ohne ihm zuzurufen, nach der entgegengesetzten Seite abgeht. Der Hund pflegt dann gewöhnlich, sobald er den Jäger nicht mehr gewahr wird, ihn schnell und ängstlich aufzusuchen, und es hat dies, besonders wenn man ihm jedes Mal, so oft er von selbst zurückkehrt, lobt und recht gibt, die gute Wirkung, daß er aufmerksam wird und den Jäger immer im Gesichte zu behalten sich bemüht. Ist er aber dessenungeachtet zu wild und sucht er zu weitläufig, so muß freilich Strafe erfolgen, bis er den Fehler nachläßt.

Wir kommen nun zu einer weitern Eigenschaft des „fermen" Hühnerhundes, dem standruhig Sein.

Um den jungen Hund daran zu gewöhnen, auf dem Anstande und bei Treibjagen ruhig liegen zu bleiben, verfährt man auf folgende Weise: Man geht vor der Zeit des Anstandes mit dem Hunde aus, setzt sich nieder und läßt ihn einige Zeit bald neben bald hinter sich couchen. Sollte er bei Annäherung eines Wildes an der Leine zu ziehen anfangen, so strafe man ihn nachdrücklich. Ebenso muß er auch bei Treibjagen ruhig neben seinem Herrn liegen bleiben, wenn er auch noch soviel Wild vor seinen Augen stürzen sieht. Bleibt er an der Leine ruhig, so versuche man, ob er es auch unangeleint thut. Thut er das, so nimmt man eine halbhanfene, halb härene Leine, an welcher der Hund nicht zu kauen wagt, legt ihn an einen Strauch an, läßt ihn couchen und entfernt sich eine Weile außer dem Winde so, daß der Hund den Jäger nicht gewahr wird, von diesem aber gesehen werden kann. Steht er auf oder wird gar laut, so kehrt man zurück und straft ihn nachdrücklich. Dies wiederholt man solange bis der Hund ganz ruhig bleibt und die Ankunft seines Herrn abwartet.

Ebenso gewöhnt man ihn zum Stillliegen überhaupt bei der Jagdtasche, dem Schnupftuche und dergleichen. Man läßt ihn nämlich bei solchen Dingen couchen, geht eine Strecke fort und sieht, wie er sich beträgt. Bleibt er dabei liegen, so lobt man ihn, geht er aber weg, so bringt man ihn wieder zurück und treibt ihn zum Stillliegen durch Strafen an. Ebenso kann man ihn dazu bringen, daß er, wenn man im Gehen etwas fallen läßt, sogleich dabei liegen bleibt, was bei der Jagd, wenn man von Weitem ein Wild erblickt und den Hund dabei hinderlich glaubt, seinen bewährten Nutzen hat.

Bezüglich des Apportirens auf dem Lande achte man vorzüglich darauf, daß der Hund rasch apportire. Geht er zu hitzig dabei zu Werke, so lasse man ihn an der Leine apportiren. Man gestatte ferner nicht, daß er das Wildpret, ehe er es aufnimmt, rupfe, drücke, bald aufnehme, bald wieder fahren lasse. Er muß ohne Umstände, aber sittsam und leise und, ohne im Mindesten zu beschädigen, aufnehmen. Begeht er den letzten Fehler, so nehme man ihn an die Leine, trete, sobald er steht, mit dem Fuße darauf und lasse ihn, wenn das Wildpret fällt, nicht fort. Man führe ihn vielmehr langsam an der Leine heran und lasse ihn nicht eher apportiren, bis die Hitze verraucht ist. Wenn man dies einigemal wiederholt, so wird man ihm das Quetschen des Wildprets, welches einzig und allein aus Hitze herrührt, bald abgewöhnen. Es ist diese Methode offenbar zweckmäßiger, als diejenige, wonach einige Jäger, um dem Hunde das Drücken abzugewöhnen, das Federwildpret mit eisernen Stacheln durchstechen und dann apportiren lassen, wodurch der Hund freilich vom begierigen Zufassen abgehalten, oft aber auch vom Apportiren ganz abgeschreckt wird. Sollte der Hund das Wildpret nicht ordentlich ausgeben wollen, so strafe man ihn durch Rucke mit der Leine oder auch mit der Peitsche unter dem Zuruf: Laß! so lange bis er es ausgibt.

So lange der Hund noch nicht ganz zuverlässig im Apportiren ist, hüte man sich, ihn auf die Fährte solcher Hasen zu setzen, die nicht schwer genug verwundet sind. Man verliert ihn dadurch zu sehr aus den Augen, um sein Benehmen gehörig überwachen zu können. Sollte man bemerken, daß er begierig den Schweiß eines Hasen ableckt oder wohl gar damit umgeht, diesen anzuschneiden, so eile man, ohne ihn erst zu rufen, hinzu, nehme ihn an die Leine und lasse ihm gleich das erste Mal eine empfindliche Strafe mit der Peitsche zu Theil werden, wobei der Zuruf: Apporte! immer wiederholt werden muß; auch lasse man ihn dann einige Zeit den Hasen tragen. Eine solche harte Züchtigung ist schlechterdings nothwendig; denn, wenn man diese Untugend nicht gleich in ihrem Entstehen unterdrückt, so wird sie zur Gewohnheit und ein solcher Hund ist dann nicht mehr werth, als daß man ihn todt schießt.

Man sehe ferner darauf, daß der Hund das Raubzeug gehörig abwürge; wenn er selbst den Muth nicht dazu hat, so gebe man ihm einen alten scharfen Hund als Lehrmeister.

Endlich müssen wir noch ein Mittel erwähnen, welches wir denjenigen empfehlen, welche es gerne sehen, wenn ihre Hunde mit dem Wilde recht schnell herbeikommen. Es war nemlich für uns von jeher ein sehr angenehmer Anblick, starke Hasen und selbst Füchse im gestreckten Galopp apportiren zu sehen und wir haben gewöhnlich nur Hunde von besonderer Körperkraft und Gewandtheit, sowie von besonderem feurigen Temperamente zu unserm Gebrauche gewählt. Dennoch haben wir auch Hunde gehabt, welche besonders schweres Wild desto langsamer herbeitrugen, je näher sie uns waren. Wir kamen daher auf den Gedanken, dergleichen phlegmatische Hunde durch öfteres Verlorensuchen zu üben und anzufeuern. Wir ließen auf weite Entfernungen erst Federwild, dann Hasen und später Füchse liegen und schickten den Hund zurück. Je schneller er kam, desto mehr wurde er belobt und wir erreichten nach öfterer Wiederholung unsere Absicht vollkommen.

Ein „fermer" Hühnerhund muß aber nicht nur auf dem Lande rasch apportiren, sondern er muß auch im Wasser zu gebrauchen sein.

Um den jungen Hund zum Apportiren aus dem Wasser zu gewöhnen, wählt man eine Jahreszeit, wo das Wasser warm ist und lasse ihn anfangs aus solchen Gewässern, die seichte sind und nicht jähe Ufer haben, wiederbringen. Im Falle sich der Hund scheut, den Gegenstand aus dem Wasser herbeizuholen, nimmt man ihn an die Leine, schreitet mit ihm in das Wasser und gibt sich alle Mühe, ihn dahin zu bringen, den Gegenstand zu apportiren. Greift er zu, so wird er unter dem Zurufe: So Recht, mein Hund! belobt. Später wirft man die Gegenstände immer weiter in das Wasser, bis öftere Versuche und Uebungen die Lust und Liebe zur Wasserarbeit völlig befestigt haben. Zur Suche wählt man einen Ort, wo junge Enten sind und sich kein schneidendes Schilf befindet; gut ist es auch, ihm einen alten Hund als Lehrmeister zu geben. Im Winter bei strenger Kälte einen guten Vorstehhund zum Apportiren aus dem Wasser zu brauchen, können wir übrigens nicht rathen, da es höchst nachtheilig auf seine Gesundheit wirkt und, wenn es oft geschieht, die Dauer seiner Brauchbarkeit dadurch sehr abgekürzt wird. Endlich hüte man sich, den Hund zum Apportiren oder zum Abkühlen in's Wasser zu werfen, denn dies ist das sicherste Mittel, ihn wasserscheu zu machen.

Wir kommen nun endlich zum Verlorensuchen, was manche Jäger mit großer Geringschätzung nur zu den sogenannten Pudelkünsten rechnen. Es ist aber gerade nicht so geringfügig und wir glauben, daß es auch zu den Eigenschaften eines „fermen" Hühnerhundes gehöre. Wie leicht kann es z. B. geschehen, daß man Pul=

verhörner oder Schrotbeutel verliert oder daß eine Schleife aufgeht und ein Feldhuhn oder eine Schnepfe unbemerkt herabfällt, ohne daß man es bemerkt. In allen diesen Fällen ist es sehr angenehm, nicht selbst zurückgehen und suchen zu müssen. Eine einzige Bewegung mit der Hand ist hinreichend, dem Hunde begreiflich zu machen, was er zu thun habe. Er eilt in vollem Laufe zurück und holt den verlornen Gegenstand herbei. Die Anweisung dazu ist höchst einfach und leicht.

Man legt vor den Augen des Hundes, welcher an der Leine geführt wird, ein weißes Sacktuch auf den Weg und läßt es in einer geringen Entfernung unter dem Zuspruche: **Such verloren, apporte!** apportiren. Sollte er nicht selbst zurücklaufen, was jedoch nur selten vorkommen dürfte, so führt man ihn an der Leine dahin. Nach und nach schickt man ihn immer weiter, wirft ihm auch in der Ferne nicht bemerkbare Gegenstände, jedoch unter Wind neben den Weg, den man gegangen ist und bringt es durch fleißige Uebung dahin, daß man den Hund auf eine beträchtliche Entfernung zurückschicken und das Verlorne holen lassen kann.

Für jene Jagdbesitzer, welche, da sie entweder gar keinen oder nur einen sehr geringen Rehstand besitzen, keinen Schweißhund unterhalten wollen und auch nicht im Besitze eines Dachshundes sind, ist es angenehm, wenn ihre Hühnerhunde auch auf den Schweiß gehen. Wir geben daher in Nachstehendem die Anweisung, wie man einen Hühnerhund auf den Schweiß abrichten kann.

Die Abrichtung eines Hühnerhundes zum **Schweiß= hunde** darf erst dann geschehen, wenn er im Uebrigen „ferm" ist. Man nimmt zu diesem Zwecke den Hund an die Leine (am besten bei Schnee, damit man desto sicherer weiß, daß er nur den Schweiß und nicht die Fährte an= fällt), schießt ein Stück Wild waidewund und sucht dann mit dem Hunde auf der schweißigen Fährte nach. Hat

man es aufgefunden, so schießt man es vor ihm vollends
todt. Wenn man dies öfters wiederholt, so wird man
seinen Zweck bald erreichen. Es wird jedoch stets der=
jenige Hühnerhund, welcher besonders gut als Schweiß=
hund zu gebrauchen ist, im Suchen und Vorstehen bei
weitem nicht so vollkommen sein, als man es von einem
„fermen" Hühnerhunde verlangen muß, gleichwie auch
diejenigen Vorstehhunde, welche im Walde laut jagen,
im Uebrigen nur unvollkommene Dienste leisten.

Leistet der junge Hühnerhund alles das, was im
Vorhergehenden besprochen wurde, vollkommen, so ist seine
Dressur beendigt. Fortgesetzte Uebung, die auch dem
besten Hühnerhunde nicht fehlen darf, indem sonst leicht
die erlernten Fertigkeiten verloren gehen, wird zu seiner
größern Vervollkommnung das Ihrige beitragen.

Allgemeine Regeln über die Behandlung des jungen Hühnerhundes.

Die Beobachtung folgender Regeln wird sowohl für
denjenigen, der einen jungen Hühnerhund dressiren, als
auch für den, der einen dressirten führen will, von Nutzen
sein.

1) So wie der Hund schon in frühester Jugend
einen bestimmten Namen erhalten muß, ebenso gewöhne
man ihn an einen bestimmten Pfiff, der sich so viel wie
möglich gleich bleiben muß.

2) Nie gestatte man dem jungen Hühnerhunde läp=
pische Spielereien mit einem Balle oder andern Dingen,
dadurch wird derselbe faselnd und verliert die nothwen=
dige Aufmerksamkeit auf ernsthafte, abstrakte Gegenstände.

3) Ist aus irgend einem Grunde Bestrafung nöthig,
so darf diese nur der Herr vollziehen und zwar in dem
Augenblicke des Vergehens, nicht intervallenweise, indem

sonst der Hund, so gelehrig und verständig er auch immer ist, den Grund nicht einsehen kann, warum er gestraft wird, folglich dadurch nicht gebessert, vielmehr gegen seinen Herrn mißtrauisch und tückisch wird.

4) So oft man den Hund strafen muß, nehme man ihn an die Leine und führe ihn auch nach vollzogener Strafe noch einige Zeit lang an derselben; den Hund unangebunden zu bestrafen, ist das sicherste Mittel, ihn handscheu zu machen. Ferner hüte man sich, den Hund zu stark zu strafen, oder, wie es oft vorkommt, seinen Zorn an ihm herauszuschlagen, weil er auf diese Weise leicht verschlagen werden kann. Ist jedoch ein Hund wirklich aus diesen oder jenen Gründen verschlagen worden, so dürfte wohl der Weg, den Dietrich aus dem Winkell angegeben hat, am sichersten zum Ziele führen. Man legt nemlich den Hund zu Hause in dem Dressirbehältnisse an die Kette, füttert ihn ganz allein, führt ihn einige Wochen täglich an der Leine aus, redet dabei viel und freundlich mit ihm, liebkoset ihn oft und sucht dadurch sich seine Anhänglichkeit und Liebe wieder zu erwerben. Scheint er Zutrauen zu fassen, die Furcht abzulegen und fängt er an, munter nebenher zu laufen und freundlich zu thun, so löst man ihn, läßt ihn viel Feld nehmen und so wild werden als er will, ohne irgend einen Fehler zu bestrafen oder ihn hart anzurufen. Endlich, wenn er alle Scheu verloren hat, fängt man die ganze Stubendressur höchst vorsichtig und gelind in ganz kurzen Lektionen wieder von vorne an, braucht dabei nie die Peitsche, sondern nur die Knotenleine, ist vorzüglich während der zweiten Feldarbeit mit Strafen bedachtsam und mäßig und führt ihn nach der Züchtigung lieber stundenlang an der Leine, als ihn zu früh wieder zu lösen. — Immer wird man aber nur in Monaten wieder gut machen, was vielleicht ein Moment verdarb.

5) Nie darf eine Unart, ein Vergehen gegen die Subordination ohne Rüge oder Strafe bleiben; nur dadurch läßt sich unbedingter Gehorsam in allen Fällen erzielen.

6) Sowie dem Hunde keine Unarten ungerügt dahin gehen dürfen, ebenso wenig darf man denselben zu loben unterlassen, wenn er seine Sachen gut gemacht hat.

7) Nie schieße man in Gegenwart des Hundes Lerchen oder andere kleine Vögel und lasse sie von ihm apportiren.

8) Nie lasse man den Hund nach dem Schusse schwärmen, sondern rufe ihn sogleich, wenn gefehlt worden ist, zu sich heran und lasse ihn neben sich sitzen, bis man wieder geladen hat.

9) Man hüte sich dem Hunde entgegen zu gehen, um ihm das erlegte Wild abzunehmen; er verläßt sich sonst auf diese Hilfe und gewöhnt sich leicht das Liegenlassen an. Verfällt der Hund von freien Stücken in diesen Fehler, so nimmt man ihn an die Leine, geht mit ihm an den Ort, wo er den Hasen liegen ließ und läßt ihn denselben unter dem Zuruf: Apporte! von dieser Stelle bis an den Anschuß tragen.

10) Gesellschaftliche Hühnerjagden taugen gar nichts für einen jungen Hund und, wenn man ihnen durchaus beiwohnen muß, so wende man sich von den übrigen Schützen ab und suche allein.

11) Will man zwei Hühnerhunde zugleich führen, so führe man, wenn beide noch junge Hunde sind, den einen anfangs an der Leine; erst später, wenn sie „ferm" sind, lasse man sie zugleich revieren, jedoch stets auf verschiedenen Seiten. Steht der eine Hund, so muß der andere ihn gehörig respektiren. Beim Apportiren gebe man darauf Acht, daß der eine Hund dem andern den Gegenstand nicht zu entreißen suche.

12) Man nehme den Hund oft mit auf den Anstand und auf Treibjagen, damit er sich an den Anblick des Wildes gewöhne und sich in allen Fällen ruhig verhalten lerne.

13) Auch gebe man den Hühnerhund keinem Fremden, noch weniger einem solchen, der mit einem Hühnerhunde nicht umzugehen weiß, in die Hände. Sollte dieser Fall nicht zu umgehen sein, so mache man ihn wenigstens vorher mit den Manieren und Eigenheiten des Hundes soviel wie möglich bekannt.

14) Man lasse selbst einen „ferm" dressirten Hühnerhund nie ohne Aufsicht, zumal nicht in der Hegezeit auf den Feldern umherlaufen, indem die Hunde dadurch nicht nur verwildern, sondern auch an dem aufgefundenen Federwild, das sie auf Nestern überraschen, oder an jungen Hasen, die sie fangen und erwürgen, das Anschneiden, ja sogar das Auffressen des Wildes lernen.

15) Man hüte sich endlich, wenn der Hund vorsteht, mag er noch jung oder schon „ferm" dressirt sein, mit schnellen Schritten zu ihm zu eilen; denn es ist dies gerade das Mittel, den Hund hitzig zu machen und zum Einspringen zu veranlassen.

Zum Schlusse dieses Abschnittes wollen wir wieder die Namen, welche den Hühnerhunden gewöhnlich beigelegt werden, sowie die bei der Arbeit eines Hühnerhundes vorkommenden waidmännischen Ausdrücke anführen.

Die Namen, welche den Hühnerhunden gewöhnlich beigelegt werden, sind folgende: Mentor, Hektor, Karo, Feldmann, Nimrod, Sylvan für männliche Hunde; Aurora, Diana, Flora, Juno, Leda für weibliche Hunde.

Die waidmännischen Ausdrücke, welche bei der Arbeit eines Hühnerhundes vorkommen, sind folgende:

Dem Hühnerhunde wird die Ruthe nicht abgehauen, sondern abgeschlagen.

Er wird gerichtet, angeführt oder dressirt und zwar mit einem Stricke, welcher die Dressir= oder Richtungsleine heißt.

Hartnäckige Hunde werden mit den Korallen, d. i. mit einer Schnur, an welcher hölzerne Kugeln, die mit Stacheln versehen sind, sich befinden, gerichtet. Auch bloße Halsbänder mit Stacheln nennt man Korallen.

Der Hühnerhund wird gestraft, wenn man ihm mit der Dressirleine Rucke gibt.

Wenn er beim Suchen die Nase nicht auf den Boden hält, so sucht er mit hoher Nase oder trägt die Nase hoch.

Im Gegentheil trägt er die Nase niedrig oder sucht mit niedriger Nase. Das Benehmen beim Suchen heißt die Suche desselben.

Ein Hühnerhund, der mit hoher Nase sucht, nimmt den Wind des Wildes auf; sucht er mit niedriger Nase so nimmt er mehr die Fährte als den Wind auf.

Er hat eine gute Suche oder seine Suche ist gut, wenn er anhaltend, bald dahin, bald dorthin und mit hoher Nase sucht; dagegen ist seine Suche schlecht oder er hat eine schlechte Suche, wenn er immer gerade aus und mit niedriger Nase sucht.

Sucht er zu weit vom Jäger, so nimmt er zu viel Feld ein, sucht er in der Nähe, so hat er eine kurze Suche oder er sucht kurz.

Zeigt er durch stärkere Bewegung der Ruthe, eifrigeres Suchen, daß er die Gegenwart des Wildes bemerke, so hat er das Wild in der Nase oder Wind von dem Wilde.

Er zieht an, wenn er sich demselben in gerader Richtung und behutsam nähert, und zieht nach, wenn er dem vor ihm aufgegangenen Wilde auf der Fährte nachfolgt.

Ist er nicht behutsam im Nachziehen und macht er, daß das Wild aufsteht oder weggeht, so hat er dasselbe **aufgejagt.** Steht vor ihm Wild auf und er setzt sogleich nach, so **prellt oder setzt er nach.**

Verhält sich der Hühnerhund in der Nähe des Wildes ohne alle Bewegung, steht nur nach der Gegend hin, wobei gewöhnlich der eine Vorder- oder Hinterlauf emporgehoben wird, so **steht er oder steht er vor.** Hiebei **zeichnet oder marquirt er** d. h. zeigt er an, wo das Wild vor ihm sich befindet.

Verfolgt er das Wild, das ihm vorkommt, ohne sich an das Rufen oder Pfeifen seines Herrn zu kehren, so **jagt er.** Er jagt dabei **laut oder still.**

Kommt er auf das Pfeifen und Rufen seines Herrn herbei, so hat er **Gehorsam oder Appell.**

Er ist **hasenrein,** wenn er den Hasen nur dann verfolgt, wenn er dazu aufgefordert wird.

Er ist **schußrein,** wenn er nicht nach dem Schusse läuft, sondern erst dann, wenn er den Zuruf: Apporte! hört.

Er ist **standruhig,** wenn er auf dem Anstande oder bei Treibjagen ruhig neben seinem Herrn sitzen bleibt, wenn er auch noch so viel Wild erblickt.

Faßt der Hühnerhund das, was hingeworfen wird oder geschossen ist, und hebt es in die Höhe, so **nimmt er es auf.** Bringt er es, so **apportirt er oder trägt auf.**

Wird ihm während einer seiner Verrichtungen vom Jäger zugerufen, daß er zurückkommen soll, so wird er **abgerufen oder vor dem Wilde weggenommen.**

Kommt er auf eine Fährte und bleibt auf ihr, so **nimmt er die Fährte auf.**

Schleicht er einer Hasenfährte nach und verfolgt alle Wendungen, so schlägt er Hacken.

Steht er vor Hühnern und springt auf den Zuruf des Jägers unter sie, um sie aufzustoßen, so springt er ein.

Quetscht er angeschossenes Wild, so drückt er es, beißt er es aber todt, so würgt er es.

Zieht er dem geschossenen oder gefangenen Wilde die Wolle oder die Federn aus, so rupft er es.

Er geht Wasser, wenn er in Sümpfe, Teiche und überhaupt in's Wasser geht, darin sucht und das angeschossene Wild herausholt. Wenn er alles das, was man von ihm verlangen kann, zur Zufriedenheit leistet, so ist er ein fermer Hund.

Fünfter Abschnitt.

Von der Dressur des Dachshundes.

Gleichwie beim Windhunde, so kommt es auch beim Dachshunde vorzüglich auf natürliche Anlagen an. Es läßt sich an ihm nicht viel dressiren und Strafen sind nur in sehr seltenen Fällen anwendbar. Wenn der Dachshund von Natur feige ist, wenn er keine angeborne Neigung zum Kriechen, Einfahren in den Bau hat, so ist alle Kunst und Mühe umsonst. Was den Körperbau betrifft, um daraus auf die Vorzüglichkeit der Race schließen zu können, so sieht man vorzüglich darauf, daß er, um durch alle Röhren des Baues kommen zu können, von niedriger, schmaler Statur, jedoch nicht schwächlich, sondern gut genervt und von starkem Knochen=

baue sei, und daß er ein gutes Gebiß habe. Die krummen, ausgesetzten Beine sind dem Dachshunde beim Graben beförderlich. Jedoch findet man auch Hunde, die ohne dieselben brauchbar sind. Die Farbe ist gewöhnlich schwarz, mit braunen, auch wohl mit weißen Abzeichen an Brust und Kehle. Einige haben dicke geringelte, andere dicke breite, gerade, herabhangende sogenannte Otterschwänze. Die gefleckten, ebenso die stockhaarigen Dachshunde sind seltener als die schwarzen und braunen.

Bekanntlich sind die Dachshunde, wenn sie noch nicht das erste Lebensjahr erreicht haben, sehr feige und scheuen sich vor dem Schliefen. Mit Gewalt dazu gezwungen, d. h. von der rauhen Hand eines unverständigen Jägers in die Röhren geschoben und durch Stöße und Mißhandlung zum Schliefen gezwungen, werden sie, mögen sie weich oder hart sein, dadurch so furchtsam gemacht, daß Monate vergehen, bis man sie auch bei der zweckmäßigsten Behandlung nur wieder in die Nähe eines Baues bringt, ohne daß sie winseln und heulen, mit aller Gewalt sich von der Kuppel oder Leine loszumachen suchen und an dieser sich nur fortschleppen lassen. Man fange daher mit den Versuchen zum Schliefen nicht zu bald an, sondern warte, bis der junge Dachshund ein Jahr oder anderthalb Jahr alt geworden ist; es gibt sogar einige, die erst mit zwei Jahren zu kriechen und in den Bau zu fahren anfangen. Man kann dabei nichts erzwingen und darf also, wenn der junge Hund nicht gleich das erste oder zweite Mal in den Bau geht, nicht sogleich verzagen und den Hund für untauglich halten.

Viele Jäger lassen, um den jungen Dachshund anzuführen, auf dem Hofe oder Felde einen künstlichen Bau, eine mit Brettern bedeckte und mit Erde überschüttete Röhre verfertigen, sperren in diese eine Katze und bringen dann den jungen Hund heran und hetzen ihn an, damit er frühzeitig zum Kriechen gewöhnt werde und Muth bekomme. Es ist dies ein überflüssiges zweckloses und überdies grausames Mittel, da man das Leben eines nützlichen Hausthieres Preis gibt und zwischen Hausthieren, die neben einander in Frieden leben sollen, Uneinigkeit stiftet. Der Dachshund darf kein Hausthier anfallen und muß doch im Baue seine Schuldigkeit thun.

Hat der junge Dachshund das passende Alter erreicht, so geht man zur Zeit, wo die jungen Füchse halbgewachsen sind, mit ihm an einen Bau, der weder zu viele, noch zu tiefe Röhren hat, sondern worin man den Hund leicht hören und auch leicht nachgraben kann. Man nimmt noch einen alten, schon fermen Dachshund mit, welcher dem jungen als Lehrmeister dienen soll. Man hält nun beide Hunde vor die Hauptröhre, läßt den alten Hund zuerst einfahren, klopft dann den jungen sanft auf den Rücken und ermuntert ihn unter dem Zurufe: Buz! buz! faß das Füchschen! nachzufolgen. Sträubt er sich, so nimmt man ihn weg, wartet bis der alte Hund im Baue laut wird und bringt ihn dann wieder an. Will er dessen ungeachtet nicht kriechen, so ist es wahrscheinlich noch zu bald und man wartet mit weiteren Versuchen, bis er älter ist. Folgt er aber begierig nach, so wird weiter auf folgende Weise verfahren. Man horcht von Zeit zu Zeit an der Röhre, ob die Hunde laut werden. Kommt der junge Hund nach einiger Zeit aus dem Baue wieder heraus, um sich nach seinem Herrn umzusehen, so muß man ihm schmeicheln und ihn ermuntern, wieder einzufahren. Vernimmt man nun, daß die beiden Hunde laut werden, so horcht man an den Röhren oder über der Erde, um den Ort auszumitteln, wo die Hunde vorliegen. Hat man sich davon überzeugt, so schreitet man zum Graben. Wenn man sich der jungen Füchse bemächtiget hat, so ist es sehr zweckmäßig, den jungen Hund an diese zu hetzen, um ihn auf diese Weise recht scharf und hitzig zu machen. Wiederholt man diese Uebungen öfters, so wird der junge Dachshund nach erlangter gehöriger Stärke, die ihn zum Raufen mit dem alten Fuchse und Dachse nöthig ist, so gut schliefen und vorliegen, als man es nur von ihm verlangen kann.

Außerdem sind bei der Anführung eines jungen Dachshundes noch folgende Regeln zu beobachten:

So lange der Dachshund noch jung ist, muß er auf dem Wege zum Baue und zurück entweder an der Leine geführt oder getragen werden, damit er sich nicht das Suchen und Revieren angewöhnt, ehe er im Schliefen und Vorliegen ferm ist. Von einem jungen Hunde darf man, wenn er das erste oder zweite Mal in den Bau kommt, nicht gleich erwarten, daß er fest und anhaltend vorliegen wird. Er wird theils aus Unerfahrenheit, theils um sich zu überzeugen, daß sein Herr noch da ist, vielleicht schon nach einigen Minuten wieder aus dem Bau kommen. Sobald dies geschieht, nimmt man ihn gleich auf und läßt ihn, wenn seine Begierde, in den Bau zurückzukehren, durch Sträuben oder Winseln sich kund gibt, wieder einfahren. Je feuriger er von Natur ist, desto mehr wird seine Begierde durch das Aufnehmen beim Herauskommen gereizt und er wird es in der Folge nicht mehr dazu kommen lassen, sondern vielmehr, sobald er nur den Jäger an der Röhre erblickt, sehr schnell umkehren und wieder in den Bau zurückeilen.

Man bringe ferner den jungen Hund anfangs nie an tiefe, weitläufige Baue, sondern an solche, wo wenige flachliegende Röhren sind, damit man den Hund abhören, ihn durch Zuruf ermuntern und leichter graben kann. Man hüte sich, den jungen Dachshund, so lange er noch nicht stark und kräftig genug ist, in einen Bau zu lassen zur Zeit, wo die beiden Alten darin stecken, da diese ihn so abraufen werden, daß er nie mehr in einen Fuchsbau einfahren wird. Es ist uns dieser Fall selbst einmal begegnet. Ein unverständiger Jäger von uns ließ einen Dachshund, der gerade ein Jahr alt war, in einen von jungen Füchsen bewohnten Bau einfahren, worin gerade die Fähin steckte und den Hund so zerbiß, daß man an seinem Aufkommen zweifelte. Nachdem er wieder geheilt war, konnte er durch nichts mehr bewogen werden, nur bis zur Körperhälfte in einen Fuchsbau zu kriechen, während er beim Dachsgraben im Vorliegen, Antreiben und Raufen mit dem Dachse eine wahre Meisterschaft und einen bewunderungswürdigen Muth bethätigte. Ebenso bringe man auch den jungen Dachshund das erste Mal nicht an einen Dachs, sondern an Füchse, weil der Dachs einem jungen unerfahrnen Hunde gegenüber zu mächtig ist.

Man lasse nie mehr als zwei Hunde auf einmal in die Röhre, weil sonst einer den andern hindert. Es gibt Hunde, die keinen andern im Bau neben sich leiden. Wenn sie sonst ferm sind, so thut dies nichts, weil ein guter Hund zum Graben hinlänglich ist. Nur sind solche Hunde zum Anführen junger Hunde untauglich. Manche Dachshunde werden aus zu großer Hitze, sobald sie in die Röhre kommen und die Fährte wittern, gleich laut; es ist dies ein Fehler, indem ein guter Hund nicht eher laut werden darf, als bis er nahe genug am Fuchse oder Dachse ist. Wenn diese Hunde den Fehler nicht verlieren, so sind sie zum Graben untauglich, desto besser aber kann man sie zum Herausstöbern der Füchse gebrauchen.

Schon von früher Jugend an muß dem Dachshunde Appell beigebracht werden; er muß dem Rufe und Pfiffe des Jägers gerade so gehorchen wie der Hühnerhund. Insbesondere sehe man darauf, daß er nicht Menschen und Thiere anfalle, wozu er von Natur aus sehr geneigt ist. Er muß auch leinenführig gemacht und angewiesen werden, ruhig liegen zu bleiben, wenn man ihn irgend wo anbindet. Es wird dabei im Wesentlichen gerade so verfahren, wie bei der Dressur des Hühnerhundes; nur lassen sich nicht so viele Strafen anwenden und man muß hier mehr durch Güte zu erreichen suchen, was man bei jenem durch Strenge erreicht.

Daß ihm auch apportiren gelehrt werden muß, versteht sich von selbst; hält man es ja für die vorzüglichste Eigenschaft eines Dachshundes, wenn derselbe die gewürgten jungen Füchse aus dem Baue herausbringt.

Es ist ferner bekannt, daß die meisten Dachshunde eine besondere Neigung zum Wassergehen haben. Bemerkt der Jäger diese Neigung an einem seiner jungen Dachshunde, so säume er nicht, ihn geradeso zum Wassergehen zu dressiren, wie man den jungen Hühnerhund dazu dressirt. Ein in's Wasser gehender und aus diesem apportirender Dachshund ist für den Jäger, der in seinem Reviere eine Wasserjagd hat, bei vielen Gelegenheiten von sehr großem Werthe. Nur muß man ihn bei strenger Kälte schonen, indem er sich sonst sehr leicht verschlägt; auch sind alle Dachshunde etwas starrköpfiger Natur, so daß mancher, bei zu strenger Kälte zum Wassergehen gezwungen, nicht nur für diesmal mit allen Kräften dagegenstrebt, sondern auch von diesem Augenblicke an nicht mehr in's Wasser zu bringen ist. Wir selbst haben einmal die unangenehme Erfahrung gemacht, daß ein Dachshund, der bei warmer wie bei kalter Witterung stundenlang im dichtesten Geröhrig suchte und uns aus jedem Flusse, selbst wenn das Grundeis ging, ein geschossenes Wassergeflügel apportirte, von dem Augenblicke an, wo wir ihn — und gerade an diesem Tage war die Witterung gelinde — zum Apportiren einer geflügelten Wildente zwangen, die höchste Scheu vor allem Wassergehen hatte, und, wenn wir später auf einen Teich oder

Fluß zugingen, ihn auf weitem Umwege vermied und ferne davon wartete, bis wir vom Wasser abgingen.

Vermöge seiner guten Nase läßt sich der Dachshund auch sehr gut zum Jagen im Holze gebrauchen und gewährt dabei den Vortheil, daß er nicht so lange anhält und daher dem Wildstande nicht so schadet, wie der Jagdhund.

Wer des geringen Wildstandes wegen keinen Schweißhund unterhalten mag, richtet den Dachshund auf den Schweiß ab und zwar auf die nemliche Weise, wie man den Schweißhund abrichtet.

Ferm kann ein Dachshund genannt werden, wenn er: 1) begierig und gewandt schlieft, beherzt genug ist, um auch mit dem stärksten Dachse oder Fuchse zu raufen und Stundenlang vorliegt, ohne einmal aus dem Baue zurückzukehren; 2) beim Dachs- und Fuchsgraben immer kurz vorliegt und immer in großer Regsamkeit ist, um den Dachs oder Fuchs am Verklüften zu hindern; 3) wenn ihn der Jäger in einen Bau einfahren läßt, worin junge Füchse stecken, diese — am besten lebendig — aus dem Baue bringt und nicht eher nachläßt, bis er auch den letzten an seinen Herrn abgeliefert hat; 4) wenn nicht gegraben wird, den Fuchs so lange neckt, bis dieser, der Neckereien müde, aus dem Baue fährt und den vor demselben aufgestellten Schützen vor's Rohr kommt; 5) in's Wasser geht, ein Geröhrig fleißig aussucht und ein geschossenes Wassergeflügel apportirt; 6) beim Jagen im Holze leicht findet, nicht vorlaut, sondern lautgerecht ist, nicht lange anhält und vom Schützen, an dem er vorbeijagen will, sich abrufen oder abpfeifen läßt; 7) auf den Schweiß zu brauchen ist und kein verendetes oder im Verenden begriffenes Wild anschneidet, sondern davor Standlaut gibt, bis der Jäger kommt.

Zum Schlusse dieses Abschnittes wollen wir hinwiederum die für Dachshunde gebräuchlichen Namen, sowie die bei der Anführung des Dachshundes vorkommenden waidmännischen Ausdrücke anführen.

Die für Dachshunde gebräuchlichen Namen sind folgende: Erdmann, Bergmann, Ralph, Waldmann für männliche Hunde; Diana, Juno, Liba, Waldina für weibliche Hunde.

Die waidmännischen Ausdrücke, welche bei der Anführung eines Dachshundes vorkommen, sind folgende:

Der Dachshund wird **gerichtet** oder **angeführt**.

Er **fährt in einen Dachs- oder Fuchsbau ein**, wenn er hineinläuft.

Er wird **angehetzt**, wenn ihm zugesprochen wird, einzufahren und den Dachs oder Fuchs aufzusuchen.

Er **kriecht**, wenn er angeführt ist, in die Röhren der Baue einzufahren.

Er **hat Neigung zur Oberjagd**, wenn er lieber außerhalb den Bauen sucht als kriecht.

Findet er einen Dachs so, daß er auf ihn trifft, so **kommt er vor**.

Er **liegt vor**, wenn er so vor dem Dachs oder Fuchs im Baue kommt, daß dieser nicht entweichen kann.

Liegt der Dachshund in einiger Entfernung, so **liegt er weit ab**.

Er **liegt fest vor**, wenn er nicht vom Dachse oder Fuchse weicht, sondern so lange bleibt, bis man beim Graben auf denselben gekommen ist; wenn er den Dachs oder Fuchs aber verliert, so **läßt er ab**.

Er wird **festgemacht**, wenn er so gerichtet wird, daß er fest vorliegt.

Ein Hund, der laut wird, sobald er eingefahren ist, oder einen Dachs oder Fuchs wittert, ist vorlaut.

Er stöbert die Füchse aus dem Bau, wenn er sie herausjagt.

Er ist von einem Dachse nicht verwundet, sondern geschlagen.

CPSIA information can be obtained
at www.ICGtesting.com
Printed in the USA
LVHW100843231122
733725LV00002B/97